光文社文庫

征《せい》馬《ば》孤《こ》影《えい》

アルスラーン戦記⑤

田中芳樹《よしき》

光 文 社

目次

主要登場人物

・パルス

アルスラーン……パルス王国第十八代国王《シャーオ》アンドラゴラス三世の王子

アンドラゴラス三世……パルス国王

タハミーネ……アンドラゴラス三世の妻でアルスラーンの母

ダリューン……アルスラーンにつかえる万騎長《マルズバーン》。異称「戦士のなかの戦士《マルダーンフ・マルダーン》」

ナルサス……アルスラーンにつかえる、元ダイラム領主。未来の宮廷画家

ギーヴ……アルスラーンにつかえる、自称「旅の楽士」

ファランギース……アルスラーンにつかえる女神官《カーヒーナ》

エラム……ナルサスの侍童《レータク》

ヒルメス……銀仮面の男。パルス第十七代国王オスロエス五世の子。
アンドラゴラス三世の甥《おい》

ザンデ……ヒルメスの部下

暗灰色《あんかいしょく》の衣の魔道士《まどうし》……？

ザッハーク……蛇王《へびおう》

キシュワード……パルスの万騎長。異称「双刀将軍《ターヒール》」の異称をもつ
告死天使《アズライール》……キシュワードの飼っている鷹《シャヒーン》
クバード……パルスの万騎長。片目の偉丈夫《いじょうふ》
ルーシャン……アルスラーンにつかえる中書令《サトライプ》
イスファーン……亡き万騎長シャプールの弟。異称「狼に育てられた者《ファルハーディン》」
ザラーヴァント……アルスラーンにつかえるオクサス領主の息子。強力《ごうりき》の持主
トゥース……アルスラーンにつかえる元ザラの守備隊長。鉄鎖術の達人
アルフリード……ゾット族の族長の娘
メルレイン……アルフリードの兄

・ルシタニア
イノケンティス七世……パルスを侵略したルシタニアの国王
ギスカール……ルシタニアの王弟。国政の実権を握っている
モンフェラート
ボードワン
｝将軍

エトワール……本名エステル。ルシタニアの騎士見習の少女

・シンドゥラ
ラジェンドラ二世……国王《ラージャ》。アルスラーンの友人と自称している
ジャスワント……アルスラーンにつかえるシンドゥラ人

・トゥラーン
トクトミシュ……第十四代国王《カガーン》
イルテリシュ……先王の甥。父はダリューンと闘い斬《き》られた
タルハーン
カルルック
ジムサ
（以上三名）将軍

・マルヤム
イリーナ……マルヤム王国の内親王《ないしんのう》

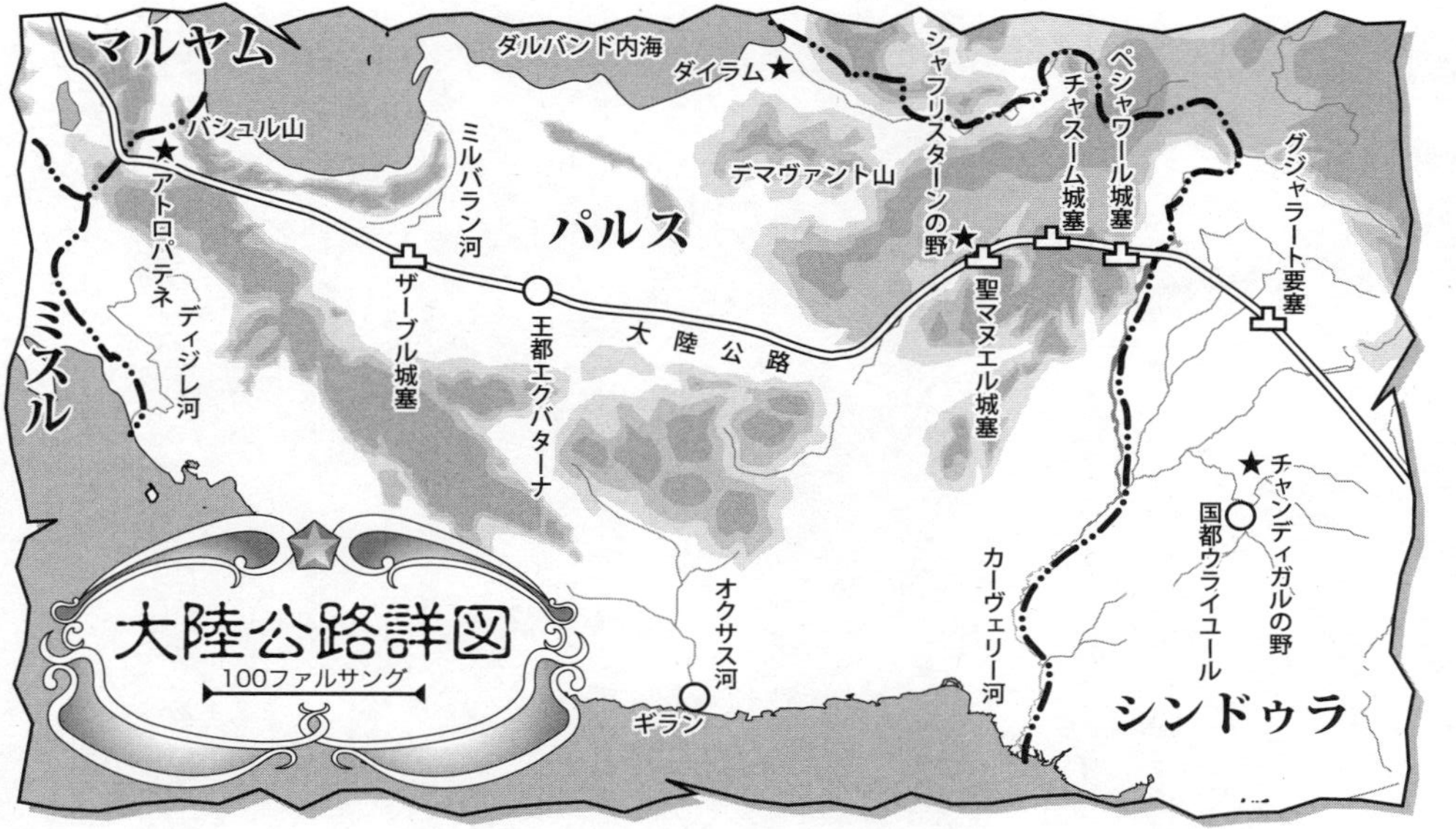
大陸公路詳図
100ファルサング
マルヤム
ダルバンド内海
ダイラム
バシュル山
アトロパテネ
ミスル
ディジレ河
ミルバラン河
ザーブル城塞
王都エクバターナ
パルス
大陸公路
デマヴァント山
シャフリスターンの野
聖マヌエル城塞
チャスーム城塞
ペシャワール城塞
グジャラート要塞
チャンディガルの野
国都ウライユール
シンドゥラ
カーヴェリー河
オクサス河
ギラン

第一章　トゥラーン軍侵攻

I

こころよい朝であった。初夏の光は気化した水晶のように地上に降りそそぎ、風は透明な涼気の粒を、人々の肌に吹きつけてくる。陽《ひ》が高くなれば、乾いた熱気が風となって人々をたたきはじめるのだが、それも樹蔭《こかげ》に逃げこめば、避けることができる。パルス王国の四季はそれぞれに美しく、それぞれに多彩である。近ごろではとかく血の色におおわれがちであるが。

罪は寛大な自然にはなく、愚《おろ》かしい人間どもにあった。平和を口にとなえつつ、けっして戦うことをやめようとはせぬ二本足の生物たちは、こころよい初夏のパルスに、血の臭気をふりまきつつあるのだ。

パルス暦三二一年五月末、大陸公路の北方より発したトゥラーン王国の軍は、砂塵《さじん》を巻きあげ、人馬の怒濤《どとう》となって南下した。パルス、シンドゥラ、両国との国境地帯を突破して、豊かな大陸公路の周辺諸国を、貪欲《どんよく》な胃袋におさめてしまおうというのだった。

シンドゥラの国王は、即位を宣言したばかりの、若いラジェンドラ二世であった。前年からこの年にかけて、ラジェンドラは異母兄弟であるガーデーヴィとの間に、王位をめぐって激しい争乱を繰りひろげたのである。隣国パルスの王太子であるアルスラーンの援軍をえて、ラジェンドラは異母兄弟を倒し、王位を手に入れることができた。だが、シンドゥラの国内には、なおラジェンドラに反抗する勢力も多く、新王は即位を宣言はしたものの、正式に戴冠式《たいかんしき》をおこなうゆとりもなく、国内の武力統一に専念しなくてはならなかったのだ。国内だけでもたいへんなところへ、「草原の覇者《はしゃ》」ことトゥラーン軍の来襲である。ラジェンドラとしては、とうてい歓迎する気分になれなかった。

かつてシンドゥラはトゥラーンと手を組んでパルスに攻めこんだこともあるのだが、いまは情勢が異なる。ラジェンドラと、パルスの王太子アルスラーンとは盟約を結んだ仲であった。

「パルスのアルスラーン王子に知らせてやれ」

知らせろ、ではなく、知らせてやれ、というあたりが、ラジェンドラらしい言種《いいぐさ》である。彼としては、単独でトゥラーンの強兵に対抗することは困難であり、シンドゥラとパルスの両国が同盟を結んでこそ、北方の雄敵《ゆうてき》を撃退することができる。ゆえに、「アルスラーンどの、助けてくれ」と悲鳴をあげて救援を求めるべきところなのだ。だがラジェンドラの考えは、すこしちがった。

「トゥラーン軍が南下して国境地帯を侵犯するとなれば、王都を奪回するために西進しているアルスラーンは、後方が危うくなる。根拠地であるペシャワール城を陥《おと》されでもしたら、アルスラーンは無事ではすまんぞ。一刻も早く知らせてやるがよい」

ラジェンドラの分析は正しいのだが、自分にも弱点があるということを棚にあげて、アルスラーンに恩を着せることばかり考えている。このあたりが、ラジェンドラという青年の奇妙なところだ。それはともかく、ラジェンドラがアルスラーンに急使を送ったことで、トゥラーン軍の侵攻は、パルスの国内にたちまち血なまぐさい熱風を吹きこむことになったのであった。

ラジェンドラの急使が国境をこえてペシャワール城に到着したのは、六月一日の朝が地上に降りたとうとする、その直前のことであった。ペシャワール城をあずかる責任者は、アルスラーンから中書令《サトライプ》に任じられたルーシャン卿である。急使の労をねぎらうと、ルーシャンは、おもだった部将を広間に集め、事情を説明した。

「われらの役目は、武勇を誇って敵と戦うことではない。王太子殿下が後背《こうはい》の憂《うれ》いなくルシタニア軍と戦えるよう、ペシャワール城を守りぬくことにある。いま、われらが城を出て戦っても、王太子殿下のおんためにならぬ」

年長者としての貫禄を見せてそう一同をさとすと、ルーシャンは、ただちにいくつかの策《て》を打った。ペシャワール城内には一万五千の兵がおり、食糧と武器も充分にそろっている。井戸もあって、水に困ることもない。もともと大軍が駐在していた重要な城塞《じょうさい》であるから、とくにこれから準備をととのえる必要もないくらいであった。ルーシャンは、パラザータという騎士と、とくに駿足の馬とを選び、使者として西へ送り出した。

まさしく間一髪であった。使者パラザータが城を出て西へ向かったその日の午後、ペシャワール城の望楼《ぼうろう》に立った兵士のひとりが、北方の地平線に煙る砂塵を発見したのである。

「トゥラーン軍、来襲！」

その報を受けた中書令《サトライプ》ルーシャンは、ただちに城門を閉ざし、防御をかためるよう指示した。

「けっして城外に打って出てはならぬ。五日から十日ほども守りぬけば、王太子殿下が軍を返して到着なさろう。ひたすらに守って守りぬくのだ」

ルーシャン以外の者がそういえば、「戦おうとせぬ臆病者」とそしられたであろう。重厚な人格者として知られるルーシャンだからこそ、慎重論をとなえることができたのだ。

閉ざされた城門の扉の内側には、砂袋が積みかさねられ、パルス軍は敵の攻撃を待ち受けた。

さて、使者となってペシャワール城を出たパラザータは、陽の沈む方向へと馬を飛ばした。大陸公路を西へ、王太子アルスラーンの軍に追いつくまで五十ファルサング(約二百五十キロ)。昨年までは隊商《キャラバン》の列を避けるのがひと苦労であったが、いまはめったに人影もない。

パルス軍とルシタニア軍が戦った場所をいくつか通過し、夜を駆けぬけ、翌日もさらに駆けた。おどろくべき速度と耐久力であったが、生物である以上、限界がある。二日めの夕方、馬が倒れた。選びぬかれた名馬であったが、一昼夜ほとんど休みなしでは、保《も》つはずもない。パラザータは、なす術《すべ》もなく地に立ちつくした。

「起《た》て、おい、起ってくれ」

必死に手綱《たづな》を引いたが、馬は疲労の極にあった。騎手の声に応じて、よろめき起とうとしたが、急に前脚を折って倒れこんでしまった。開いた口から血の泡がこぼれ出し、それがとまったとき、すでに絶息している。

馬に対する愛情の強いパルス人だが、愛馬の死を悲しんでいる暇はなかった。パラザータは、徒歩で進みはじめた。若く強健な彼も、激しい騎行で疲れきっていて、足がふらついた。騎行の間、一滴の水すら口にしておらず、むろん眠ってもいない。あえぎながら千歩ほども進んだころ、街道上に騎影を見出《みいだ》した。

やはり西の方角へ、ゆったりと馬を進めている。のんびりしたその姿を見たとき、パラザータの心にひとつの考えが浮かんだ。彼は声をあげてその旅人を呼びとめ、疲れきった両脚を動かして、その横へ歩み寄った。馬上の男が、たいして興味もなさそうに問いかけてきた。

「呼びとめたのは、何の用あってのことだ」

「くわしく説明している暇はない。馬を貸してもらおう」

「残念だが、現におれがこうして乗っておる。貸してやっては、おれが歩かねばならなくなるな」

男は背が高く、それにふさわしい肩幅と胸の厚みをしていた。左の目が一文字につぶれていて、右の目には力強い、そのくせやや皮肉っぽい光がある。すでに陽が沈みかけていたこともあって、相手の正体を見きわめることが、パラザータにはできなかった。片目の男は、かつての万騎長《マルズバーン》クバードであった。アルスラーンに会いにいく、という点では、パラザータと同様である。ただ異なるのは、急ぎもせず焦りもせず、悠然《ゆうぜん》と旅を楽しんでいるように見える点であった。

「貸してくれれば礼はする」

「そういう台詞《せりふ》は、実際に礼をしてからいうものだ」

軽くあしらわれて、パラザータは激した。この片目の男が、ことさらに彼の任務を妨害しようとしているように思われた。

「やむをえぬ。腕ずくで借り受ける」

身心ともに余裕を失っているから、パラザータが剣を抜いたのもむりはない。ひらめく白刃《はくじん》を見ても、クバードは平然としたようすを変えなかった。

「やめておけ。言っておくが、おれは強いぞ。親や恋人を泣かせたくなければ、生命《いのち》をたいせつにすることだ」

「だまれ、口巧者《くちごうしゃ》な奴めが」

叫ぶと同時に、パラザータは馬上の男めがけて斬撃《ざんげき》を放った。強烈な斬撃は、だが、男の身体《からだ》にとどかなかった。むしろめんどうくさそうに、男は鞘《さや》ごと大剣を振《ふる》った。火花が目の奥に散って、パラザータは剣を手にしたまま地に転倒した。倒れると、疲労と空腹で、もはや起きあがることができない。とどめの一撃が加えられることを予期して、彼は残された力のすべてを声にこめた。

「残念だ。これでパルスも終りか。ものわかりの悪い男が、おれに馬を貸してくれなかったばかりに」

その声を片目の男が聞きとがめた。立ち去ろうとしていた馬の歩みをとめて、広い肩ごしにパラザータをかえりみる。

「このクバードを、ものわかりの悪い男というのか。自分の短気を棚にあげて、ほざいてくれるものだな」

男が口にした人名が、パラザータの身心におどろきの電流を走らせた。

「クバード!? 万騎長《マルズバーン》として高名なクバードどのか」

「いや、単に同名というだけだ。おれはあれほどりっぱな人物ではない」

これはむろん冗談だが、せっかくの冗談もパラザータの耳にはとどかなかった。彼は疲れきった身体《からだ》をようやく起こすと、剣を鞘におさめた。クバードに一撃された後頭部が疼《うず》くのも忘れ、両手を土について低頭する。

「クバードどのとは知らず、非礼のかずかず、どうかお赦《ゆる》しいただきたい。いや、赦していただけなくて当然だが、故《ゆえ》あってのことなのでござる。パルス一国の命運がかかっているのでござれば……」

大げさな、とは思ったが、相手の必死の表情を見て、クバードは耳を貸すことにした。そして結局、馬も貸してやることになったのである。彼自身は徒歩になり、街道すじに植えられた糸杉の樹の下に行ってすわりこんだ。ここで待っていれば、王太子アルスラーンの軍に出会えるであろう。それまでひと眠りすることに、クバードは心さだめたのである。

II

クバードから馬を借りたパラザータは、その深夜、ようやくアルスラーンの軍に追いつくことができた。月光の下、西へと移動をつづける黒々とした人馬の列にむけて、パラザータが馬を走らせていくと、それをさえぎるように一隊の騎影が立ちはだかった。

「パルス人たるの礼節も守ろうとせず、王太子殿下の陣にみだりに近づこうと試みる慮外者《りよがいもの》は何奴《なにやつ》じゃ」

問いかけながら、すでに長剣を抜き放っている。さえざえとした白刃が月光をはじきかえすのを見やって、パラザータは意外に思った。誰何《すいか》の声が、ひびきのよい音楽的な女性の声だったからである。それはアルスラーンにつかえる女神官《カーヒーナ》ファランギースであった。

パラザータから短く事情を聞くと、ファランギースはただちに彼をともない、王太子の本営におもむいた。軍師のナルサス、万騎長《マルズバーン》のダリューンとキシュワード、その他の重臣たちが、いそぎ参集され、彼らの中へパラザータの報告は巨大な炸薬《さくやく》を投げこむことになった。

「トゥラーン軍が国境をこえて……！」

王太子アルスラーンをかこむパルス軍の武将たちに、臆病者はひとりもいないはずである。だが、彼らは一度に緊張した。ダリューンやキシュワードでさえ、平静ではいられなかった。「草原の覇者」トゥラーンといえば、パルスにとって歴史的な敵国である。パルス人にしてみると、ルシタニアは憎いだけだが、トゥラーンに対しては、「恐るべき雄敵」という印象があるのだった。

絹《セリカ》の国に旅だつ前、ダリューンは戦場において、ときのトゥラーンの王弟と一騎打《いっきうち》を演じ、猛将として知られた相手を馬上から斬《き》って落とした。それ以来、ダリューンはトゥラーンの怨敵《おんてき》という立場になり、絹《セリカ》の国への往来に際して生命をねらわれたこともある。だが、トゥラーンの国内にも混乱があり、暗殺や陰謀が横行して、ここ二、三年は、パルスに対する大規模な敵対行為もおこなわれずにきたのである。

そのトゥラーンが南下して国境を侵した。パルス人にとっては大きな衝撃であった。いよいよルシタニア軍の手から王都エクバターナを奪回しようとする、まさにその時機に、横あいから強大な妨害者があらわれたのだ。またそれを知らせてきたのが、隣国シンドゥラの国王《ラージャ》ラジェンドラであるという。

「かの御仁《ごじん》らしい申しようでござるな。救援が必要なのはむしろシンドゥラのほうでござろうに、この期《ご》におよんでなお、われらに恩を売ろうとなさるとは」

キシュワードが苦笑するのも、もっともである。ラジェンドラの奇妙な性格は、アルスラーンの幕僚たちによく知られていたのである。

「ナルサスの意見は？」

ダリューンが友人に問いかけた。

それまでナルサスは一言も発せず、両眼を閉ざして思案にふけっていた。ダリューンに水を向けられて、はじめて若い軍師は目をあけた。王太子アルスラーン以下、いくつもの視線に囲まれて、ナルサスは、はっきりと意見を述べた。

「兵を東へ返すほうがよろしいかと存じます、殿下」

せっかく王都エクバターナ解放への道を進みながら、途中で軍を返す。残念ではあるが、他に方法はない。最悪の場合、前方をルシタニア軍、後方をトゥラーン軍に挟まれて攻め滅ぼされてしまうこともありえる。前後の敵が、協力しようなどという気をおこさぬうちに、迅速に各個撃破してしまうほうがよい。それがナルサスの説明であった。

女神官《カーヒーナ》のファランギースが肩をすくめた。

「国王《ラージャ》ラジェンドラが、うまくいった、と、手をたたいて喜ぶであろうな」

「喜ばせておけばよい。かの御仁の思惑《おもわく》など、アルスラーン殿下のご大業の前には、ささやかなことだ」

明快にナルサスは断定し、ファランギースも、他の人々もうなずいた。これで全軍の方針は決定したが、黒衣の騎士ダリューンが小首をかしげた。

「引き返すのはよいとして、トゥラーン軍が侵攻してきたことをルシタニア軍が知れば、かさにかかって追撃してくるかもしれぬ。この件は、隠しとおさなくてはなるまいな」

「いや、隠す必要はない」

ナルサスの返答は、またしても明快である。ただ隠すばかりではない、それどころかナルサスは、進んでトゥラーン軍侵攻、パルス軍反転の報を、王都のルシタニア軍に知らせてやろうと考えていた。理由はこうである。「トゥラーン軍が侵攻してきたので、パルス軍はあわてて東方国境へ引き返すぞ」という情報が流れれば、当然ながらルシタニア軍は、その情報の真偽をたしかめようとするだろう。その結果、情報を流しているのがパルス軍自身だとわかれば、ルシタニア軍は警戒する。「これは罠《わな》にちがいない。出撃してはならぬ」と思いこみ、パルス軍が去るのを、息を殺して見守り、けっして手出しはしないであろう。

その逆に、ルシタニア軍がかさにかかって王都から出撃してきても、いっこうにかまわぬ。王都エクバターナの堅固《けんご》な城壁に拠《よ》ってこそ、ルシタニア軍はパルス軍に対抗できるのだ。城を出て野戦ということになれば、ルシタニア軍をたたきのめす戦術は、ナルサスの胸中に、三十とおりほども蓄《たくわ》えられている。一戦してたたきのめし、ルシタニア軍を城内に追いもどすだけのことだ。そうすれば、結局、ルシタニア軍はそれ以上、手を出せぬ。

そうナルサスは一同に説明した。じつはナルサスは、さらにすさまじい策略を胸中に秘めていたのだが、このときは口にしなかった。さしあたって方針が決まれば、それ以上の問題をあえて提出することもなかった。

「では、ただちに東へ軍を返す。諸卿は用意を」

アルスラーンの声を受けてナルサスが仲間のひとりに声をかけた。

「ファランギースどの、騎兵のみ五百人をひきいて、全軍に先だち、ペシャワール城へ急行していただきたい。籠城《ろうじょう》している者たちの士気を高めてほしいのだが、お願いできるだろうか」

「こころえた」

危険な任務であるが、黒絹のような髪を持つ美しい女神官《カーヒーナ》は、あっさりと承諾した。それまで、疲れきった身体《からだ》を軍議の席の片隅にへたりこませていたパラザータが、はじめて身をおこした。両ひざで進み出て、王太子に平伏する。

「では私がファランギースどのをペシャワールまでご案内いたします。馬を二頭お貸しいただきたく存じますが」

アルスラーンは、晴れわたった夜空の色にたとえられる瞳に、気づかう表情を浮かべた。

「おぬしは疲れきっている。ひと晩ゆっくり寝《やす》み、明日歩兵とともに出立《しゅったつ》してはどうだ」

「ありがたいおおせですが、とても休む気になれませぬ。ぜひファランギースどのと同行を」

「わかった。好きにするがよい。それにしても、馬をことさらに二頭というのは、どういう理由があるのか」

「一頭は、馬を借りた相手に返さねばならぬのです。その人物のおかげで、いまこうして殿下の御前にいられるわけでございまして」

クバードに口どめされていたので、パラザータは名を出さなかった。いずれにしても、使者に馬を貸してくれた男は、パルス軍にとって恩人である。アルスラーンは、ファランギースに、その旨を伝え、またパラザータに食事を与えるよう侍者たちに命じた。

パラザータは肉を主体とした料理をことわり、一椀の麦粥《むぎがゆ》、それに卵と蜂蜜《はちみつ》をいれた麦酒《フカー》を所望《しょもう》した。疲労で胃が弱っているので、重い食事を避けたのである。なるべく、がつがつとしないように粥を食べた後、パラザータは麦酒《フカー》を飲みほしたが、立ちあがろうとしてよろめき、床にへたりこんだ。やがて大きないびきが彼の口から流れ出してきた。

「起こすのはかわいそうだ。ゆっくり寝《やす》ませてやるとよい。麦酒《フカー》にいれた薬がきれるまで、ゆっくりと」

パラザータは疲労の極にある。休息もせずにふたたび馬を駆るようなまねをすれば、冗談でなく、死んでしまうかもしれぬ。といって、制止して聞くとも思えなかったので、アルスラーンは、ちょっと小細工を使ったのだった。いびきをかいている騎士に、寝床を与えるよう指示すると、ナルサスにむかってうなずく。ただちに行動にうつるよう、無言の指示である。ナルサスはうなずき返し、侍童《レータク》のエラム少年に手早くいくつかの指示を与えた。エラムが走り去るのを見送り、視線の向きを変えると、王太子に笑いかける。

「ここまで来て、残念だとお思いですか、殿下」

「そうだな、残念にはちがいないけど、何か、これでいいような気もする」

アルスラーンの本音である。アトロパテネ会戦以後、苦労が多かったので、あまりものごとが順調に行きすぎると、かえって不安になるのだ。妨害や障害があるほうが当然のように思える。これまでトゥラーンが手出しをしてこなかったことのほうが、考えてみれば不思議なほどだ。

その事情については、ナルサスが推測している。おそらくトゥラーン国内においても、これまで内紛がつづき、他国に攻めこむ余裕がなかったのであろう。ひとまず国内が安定して、他国を見わたせば、いずれも分裂と混乱の危機にある。しめた、と思ったであろう。

同じ騎馬の民といっても、パルスとトゥラーンでは社会構造が異なる。パルス人は定住して農業や商業を営んでいるが、トゥラーンは遊牧国家である。豊かであるためには、他国を支配して税を徴収するか、掠奪《りゃくだつ》をおこなうか、どちらかである。掠奪はトゥラーンにあっては犯罪ではなく、りっぱな産業なのである。ルシタニアのように、神の名を借りたりしないところが、いっそ、いさぎよいと思えるほどだ。

ふたりの万騎長《マルズバーン》、「戦士のなかの戦士《マルダーンフ・マルダーン》」ダリューンと、「双刀将軍《ターヒール》」キシュワードが、それぞれの部隊を統率するために王太子の前から退出する。アルスラーンは、侍従武官のジャスワントひとりをともなって、本営に近い馬車の小さな列に足を進めた。それは騎士見習エトワールことエステルにひきいられた、ルシタニアの避難民の一行だった。戦うために引き返すのだから、彼らと同行できなくなる。

「つまり、わたしたちを放り出していくのだな。ここまで同行しながら、無責任ではないか。病人や乳児をかかえたわたしたちに、どうしろというのだ」

そう責められるのではないか、と、アルスラーンは思った。だが、騎士見習エトワールこと少女エステルは、あやまるアルスラーンを直視して黙りこんでいた。組んでいた腕をほどいて、彼女は、二か月だけ年下の異国の王太子にうなずいてみせた。

「敵に攻撃された部下を救いに行くのは、主君として当然のことだな。すぐに行くがいい。ここまで病人や乳児を守って同行してくれたことに感謝する」

内心、アルスラーンはおどろいた。エステルが勇敢な少女であることは知っていたが、このものわかりのよさは正直なところ意外であった。感謝につづいて、エステルは問いかけてきた。

「ところで、トゥラーン人という奴らは、どのような神を信じているのだ」

「くわしくは知らないけど、太陽を崇拝しているそうだ。太陽神《ダヤン》という彼らの神の名を聞いたことがある」

「そうか、しょせん異教徒だな。では、がんばって、全滅しないていどにやっつけてこい。生き残ったトゥラーン人には、いずれイアルダボートの神を信仰させるゆえ、全滅されてはこまる」

冗談かと思って、アルスラーンはエステルの顔を見なおしたが、少女は真剣だった。とにかく、彼の勝利を願ってくれたことはたしかなので、アルスラーンは礼を言い、充分な食糧と医薬品を置いていくことを告げた。少女の返答はこうだった。

「もらうつもりはない。借りておくが、かならず返す。だから生きてもどれ。お前たち異教徒は、死ねば地獄に堕《お》ちるのだから、あの世で返すことはできないのだからな」

III

パルス軍は急速に移動を開始した。

ルシタニア軍は動かなかった。動きたくとも動けないのである。いつもならルシタニア人の中心となって判断を下し、命令を与え、責任をとる王弟殿下ギスカール公爵が、地下牢《ディーマース》を脱出したパルス国王《シャーオ》アンドラゴラス三世のために捕虜となってしまい、彼を救出するだけで、ルシタニア軍は手いっぱいだった。パルス軍の急な動きの背景に何かがある、と思えばこそ、よけい動けなかった。歯ぎしりしつつ、息を殺して見送るしかないのだった。

ナルサスほどの智者でも、全知全能ではありえない。王都エクバターナの城内で何がおこっているか、完全に知ることはできなかった。彼の脳裏《のうり》には、ありうべき何十もの事態が想定されており、そのなかに「アンドラゴラス王が自力で脱出をはたした場合」というものもあった。だが、想定し、対策を考えたとしても、その事態がまさにいま出現しているとまではわからないところが、人知の限界というものであろうか。

いずれにしても、ルシタニア軍が動こうとしないのは、パルス軍にとってはありがたいことである。ナルサスの指示どおり陣を引きはらい、東への移動をはじめた。ダリューンとキシュワードの指揮ぶりはあざやかで、深夜の移動でも混乱は見られなかった。

このときすでに、ファランギースがひきいる騎兵五百は、深夜、月光の下を東へと疾走している。ファランギースの武勇と美貌《びぼう》は、アルスラーン軍にあってはもはや隠れもないもので、五百の騎兵も、女性に指揮されることを恥じるような気分はなかった。それどころか、逆に、天上の女神にでも指揮されたかのように、はりきっている。黙っていれば、たしかにファランギースには女神の品格があった。

二ファルサング（約十キロ）を走りぬけた地点で、一行はひとりの男に出会った。徒歩で街道に出て、悠然と手を振ってみせている。ファランギースは馬首の向きを変え、丈高《たけ》い男のそばに馬を寄せた。

「おぬしは何者じゃ。悪鬼《あっき》にしては角《つの》がないようじゃが」

「ペシャワール城からの使者に馬を貸した者だが」

「ほう、おぬしがわれらの恩人であったか。ならば借りを返さねばならぬな」

ファランギースが合図すると、随従する騎士のひとりが、一頭の空馬《からうま》を引いてきた。鞍《くら》もちゃんと置かれている。さらに、重い革袋がクバードに差し出された。それには謝礼の砂金が詰まっているのだ。

「本来であれば、もっと礼をつくすべきであろうが、いそぎペシャワール城までおもむかねばならぬ。金品ですますことを赦してほしい、と、王太子殿下のご伝言じゃ」

「ほう、いきとどいたこと」

クバードは独語したが、彼が感心したのはアルスラーンの配慮以上に、ファランギースの美しさだった。「銀色の月のごとく美しい」という表現が、パルス語やシンドゥラ語にはある。ギーヴとちがって、クバードは詩人たるを自負してはいなかったから、芸術的な賞賛を口にはしなかった。口に出したのは、べつのことであった。

「おれもペシャワール城へ行こう。すこしは役に立つと思うがどうかな」

「武勇に自信があるのか」

「いささか」

とは、この男にしてみれば最大限の謙遜《けんそん》である。だが、すぐに地が出た。

「おれはたぶんパルスで二番めの豪勇だと自負している」

これは先日知りあったメルレインという若者の口調をまねしたのだが、ファランギースには、たいして感銘も与えなかったようである。愛想のない視線で、クバードのたくましい長身をひとなですると、「勝手にするがよい」と言いすて、ふたたび馬を走らせはじめた。クバードは、にやりと笑って、勝手にすることにした。

トゥラーン軍の勇猛と剽悍《ひょうかん》は、パルス軍に匹敵するであろう。野戦の強さはおどろくほどだが、ただ攻城戦はそれほど得意ではない。中書令《サトライプ》ルーシャン以下、ペシャワールの城塞にたてこもったパルス軍を撃ち破ることは容易ではなかった。

赤い砂岩できずかれた城壁は厚く高く、トゥラーン軍の攻撃を寄せつけぬ。攻城用の兵器も、それほど多くはない。城門を閉ざされ、城壁上から矢を射かけられては、トゥラーン軍もそれ以上、手の出しようがなかった。なまじ近づけば損害を出すだけのことであり、わずか二、三日のことながら、攻防戦は膠着《こうちゃく》状態となっている。

タルハーン、ディザブロス、イルテリシュ、ボイラ、バシュミル、ジムサ、カルルックらトゥラーンの有力な武将たちは、ペシャワールの城塞を南方に見はるかす断崖の上で会議を開いた。トゥラーン人はパルス人をしのぐほどに徹底した騎馬の民である。会議も馬上でおこなわれ、赤い城を遠望しながら、彼らは意見を述べあった。

まずタルハーンが口を開く。顔の下半分を赤黒い剛《こわ》い髯《ひげ》におおわれた巨漢で、胸にも腕にも力強い筋肉が盛りあがっている。年齢は三十五歳、トゥラーン軍にあって猛将といえくようだ。

ば、まず彼の名があげられる。発せられた声も、重く大きく、聞く者の肚《はら》にずしりとひび

「ペシャワール城の守りは堅い。また、パルス人どもが城を出て戦わぬのは、ひとえに、味方の救援を待っておればこそだ。奴らを城外へ誘い出すのが先決だが、それができぬときは、攻囲をやめることも考えねばなるまい」

つぎにイルテリシュが発言した。

「パルス人どもが城塞に拠って出て来ぬのであれば、それはそれでかまわぬ。われらがシンドゥラ国を撃ち滅ぼすのに、後背の危険がないということだ。軍を転じてシンドゥラを撃とうではないか」

若いイルテリシュは、トゥラーン王家の一員であり、「親王《ジノン》」という敬称で呼ばれている。中背で、陽に灼《や》けた顔の額《ひたい》と左頰に、白く刀痕《とうこん》が浮き出ている。眼光は鋭く、たけだけしい。彼の父親はトゥラーンの王弟であり、ダリューンという名のパルス人と闘って斬られた。復讐《ふくしゅう》の念に燃えているが、同時に野心もある。パルスを滅ぼす前に、シンドゥラを撃って、勇名をあげたいと思っているのだった。

「親王《ジノン》もご短気な」

苦笑まじりに親王《ジノン》イルテリシュの血気をおさえたのは、カルルックである。トゥラーン

にあっては、絹《セリカ》の国へもパルスへも使節としておもむいたことがあり、見聞の広い貴重な人材である。もっとも、それを鼻にかけるところも多少あって、若くて気性の烈《はげ》しいイルテリシュなどは、彼に対する反感を隠そうともしなかった。

「ふん、ではどうしろというのだ。このまま赤い城壁を見あげて、陥《お》ちぬ陥ちぬと泣言《なきごと》を並べるのか」

「親王《ジノン》がそうなさりたいのなら、なさるがよろしい」

「何だと⁉」

あしらわれた、と思ったのであろう、イルテリシュの眼光が、白刃めいた危険なきらめきをおびた。カルルックは動じなかった。

「私はただ王都サマンガーンにおわす国王《カガーン》のご意向をおもんばかっただけでござるよ。一《いち》義《ぎ》はまずパルス人めに思い知らせること。シンドゥラの順番はそのつぎでござる」

サマンガーンという地名と、国王《カガーン》の名を耳にして、諸将はやや表情をあらためた。

トゥラーン国の王都をサマンガーンという。王都といっても、パルスの王都エクバターナと異なり、高い城壁や壮麗な市街があるわけではない。トゥラーンは遊牧の国であり、平和な時代には、広大な領土内を通行する隊商から税をとり、銀山や岩塩鉱や交易都市からの収益によって財政をささえている。トゥラーン人に定住の思想はないが、支配のための根拠地は必要である。それがサマンガーンであって、緑したたる谷間に王宮が築かれ、その周囲を大小二万もの天幕がとりかこんでいる。

王宮それ自体も、巨大な大帳幕《パビリオン》である。それを見たパルスの旅商人が記録したところによると、つぎのような情景だったらしい。

「……一辺が百歩ほどもある巨大な四角形で、高さは騎兵が使う長槍《ちょうそう》の三本分もある。大帳幕をささえる支柱は十二本。一本の太さは人間の胴ほどもある。天井部分は円形のドームになっている。大帳幕の壁の部分は、六枚の厚い布をかさねてあり、布の間に空気がたまって、夏の暑さと冬の寒さを遮断《しゃだん》することができる。いちばん内側の布は絹で、トゥラーン国王はこの絹を絹の国《セリカ》から購《あがな》うために、一万頭の羊を代金として支払ったという。絹には七色の絹糸で美女や聖獣や花の刺繡《ししゅう》がほどこされていた。床には毛氈《もうせん》が敷きつめられ、さらに毛皮や低い籐《とう》の椅子が置かれていた……」

遊牧の国は、国王の指導力によって、国威が大きく変動する。この年一月、血なまぐさい権力闘争の末に、国王《カガーン》トクトミシュが即位した。彼は臣下にむかって、「南方の豊かな財貨によって国を富ませる」ことを約束した。四年前、パルス軍に敗北し、ときの王弟を斬られた怨《うら》みもある。さらに、パルスは西方の異国より侵入を受け、国内が混乱しているとの報告もはいった。パルスに侵入することをためらう理由など、どこにもないように思えた。こうして、トゥラーン軍は南下を開始したのだが、それらの事情は、ほぼナルサスが推察したとおりである。トゥラーンにとって掠奪はりっぱな産業であるから、「富を独占している奴からふんだくって何が悪い」というところであった。むろん、ふんだくられるほうからみれば、たまったものではない。

トゥラーン軍がペシャワールの城壁を前に、いまひとつ態度を決することができずにいるうち、六月四日の深夜、トゥラーンの陣営に騒乱が生じた。パルス人の一隊が闇《やみ》にまぎれてペシャワールの城内に潜入しようとしたのである。

それはファランギースにひきいられた先遣隊であった。

「身のほど知らずのパルス人め、少数の兵であれば闇にまぎれて潜入できると思ったか。軽率であったと思い知らせてくれるぞ」

一般に、トゥラーン人はパルス人より夜目が効く。過去、パルス軍は夜戦でしばしばトゥラーン軍に痛い目を見させられているのだ。ファランギースはそのことを承知していたが、この場合、夜の闇にまぎれる以外の方法がなかった。いちおう、細工もほどこしてあり、囮《おとり》の役をクバードが引き受けることになっていた。いつもであれば、ファランギースは、より危険な役まわりを他人にさせたりはしないのだが、ギーヴやこの片目の男の場合、危険のほうが尻尾《しっぽ》を巻いて退散するのではないか、という気がするのである。

クバードは囮らしく、はでに行動した。与えられた部下に指示して、トゥラーン軍の陣に火矢を放ち、大剣をふるって左右になぎ払う。と、その姿をめがけて、猛然と馬を駆けよせてきたトゥラーンの騎士があった。

「わが名はイルテリシュ。トゥラーン王家の一員にして親王《ジノン》の称号を帯びたる身ぞ。ペシャワールの城壁に達したくば、わが馬前を力ずくで横ぎってみよ！」

イルテリシュにしてみれば、せっかくパルス語で大見得《おおみえ》をきってみせたのに、相手は小うるさげに聞き流し、馬を進めようとする。

「きさまは武将たる者の名乗りを最後まで聞かんのか。礼を知らぬ蛮人《ばんじん》めが！」

どなりつけ、たくみに馬を躍らせて、イルテリシュは剣を振りおろした。相手が剣をあげてそれを払う。

刃鳴りがひびきわたり、弾《はじ》け飛ぶ火花が夜の一角に小さな昼をつくった。相手の左目がつぶれていることを、イルテリシュは確認したが、たちまち闇がその光景を隠してしまった。相手は、つまりクバードは、まともに闘う気がなかった。イルテリシュの斬撃を払いのけ、馬首をペシャワール城の方角へ向けた。肩ごしに捨て台詞を投げつける。

「今日のところは見逃してやる。さっさと帰って母親の乳でも飲んでいろ」

「おのれ、世迷言《よまいごと》を……！」

　イルテリシュは、いきりたった。乗馬をあおって突進し、剣を振りかざし、振りおろした。ふたたび刃鳴りと火花が夜の闇をほころびさせた。火花は甲冑《かっちゅう》に映え、妖《あや》しいほどの光彩を瞬間的にまきちらす。

　イルテリシュは剛勇だった。クバードも、片手でかるくあしらうというわけにはいかなくなった。防御から攻撃へ、本気で体勢をきりかえる。強烈な斬撃がイルテリシュに襲いかかり、受けとめた刀身に、しびれるような圧力が伝わってきた。

　斬撃の応酬は五、六回くりかえされたが、敵味方がはげしくもみあうなかで、一騎打をつづけるのは困難だった。両者の間に他の人馬が割りこみ、クバードとイルテリシュは引き離されてしまった。ふたりの姿をのみこんで、混戦の渦《うず》は拡大をつづけた。

　その混乱を横目に、ファランギースは、トゥラーン軍の陣中に馬を乗り入れていた。目的はトゥラーン兵を斬ることではなく、ペシャワールの城門にたどりつくことである。クバードが、はでな闘いぶりでトゥラーン軍の注意を引きつけている間に、ファランギースは一歩でも城に近づかなくてはならなかった。だが、やはり見つかってしまった。

「パルス人……！」

　叫びかけたトゥラーン兵は、ファランギースにむかって剣を振りかざした瞬間、短い絶鳴を放って馬上から一転した。ファランギースが、至近から矢を射こんだのである。わっと喚声があがり、白刃をかざしたトゥラーン兵が、小癪《こしゃく》なパルス人めがけて左右から襲いかかった。たてつづけに弦音《つるおと》がひびき、悲鳴と落馬の音がそれに呼応した。ファランギースの弓術と馬術は、神技の域に達しているようであった。夜目の効くトゥラーン兵も、彼女の変幻自在な行動をとらえかねている。

「ほほう、パルス一の弓の名手とは、かの女性《にょしょう》かもしれぬな。あのメルレインという奴が見たら、技倆《うで》を競いたくなるだろう」

乱軍のなかで大剣をふるうクバードには、ファランギースの弓の神技を観察する余裕すらあった。イルテリシュと名乗った敵の勇者が、混戦のなかでクバードを探し求める声がする。むろんクバードは無視した。多勢に無勢だし、目的もある。雄敵を相手に、剣技を競っているような場合ではなかった。

ファランギースは、数十名の部下とともに城門の前に達していた。襲いかかるトゥラーン兵をなぎ払い、追いのけながら、城壁上へ呼びかける。

「開門！　開門を願いたい。わたしは王太子殿下の使者ファランギースじゃ」

ひびきのよい音楽的な声は、ペシャワール城の将兵には記憶にあるものだった。城壁上で防御の指揮をとっていたルーシャンが、いそいで合図する。砂袋のいくつかが移動され、城門が狭い幅であけられると、そこからファランギースが馬ごと飛びこんできた。飛びこみざま、馬首をめぐらし、抜き放った剣を振る。彼女の後を追って飛びこんできたトゥラーン兵が、頸《くび》すじに一撃を受けて石畳にたたきつけられた。つづいてクバードが駆けこむ。結局、入城に成功したパルス兵は百騎にみたず、他の兵は、当初の打ちあわせどおり、闇にまぎれて逃げ去った。彼らは東へ向かい、アルスラーンの本軍に合流することになっている。

「三日間じゃ、三日だけ保ちこたえてほしい。そうすればパルスの全軍が救いに駆けつける。王太子殿下は、けっして味方を見捨てなさらぬ方じゃ」

ファランギースの声に、どっと歓声があがった。

「ファランギースどのだけでなく、万騎長《マルズバーン》クバード卿まで駆けつけてきてくれた。勇あって智なきトゥラーン軍など恐れるにたりぬぞ」

ルーシャンが力強く宣言すると、ふたたび歓声があがった。ファランギースは横を見た。全身に返り血をあびた片目の偉丈夫《いじょうふ》が、悠然《ゆうぜん》として兵士たちの歓呼に応え、たくましい右腕をかるくあげている。

「おぬし、万騎長であったのか」

「いちおうな」

「なるほど、万騎長にもさまざまなお人がいるものじゃ」

賞賛しているとは思えぬ、ファランギースの感想であった。

Ⅳ

パルス軍のほうは、さしあたり「めでたしめでたし」という結果になったが、トゥラーン軍のほうは、怒りと失望を禁じえなかった。まんまとパルス軍の入城を許してしまい、城内の士気は目に見えて高まっているようだ。

親王《ジノン》イルテリシュは、いたけだかに、同僚の将軍たちをののしった。

「たかが女ひとりに追い散らされ、陣を解いて逃げもどるとは、おぬしらそれでもトゥラーンの武人か。自らの名と、祖先の功業に対して恥じるがいい！」

イルテリシュに叱責《しっせき》されて、タルハーン以下の武将たちは憮然《ぶぜん》とした。たしかに不手際であったが、イルテリシュにも責任がないわけではない。

「よいか、この上は名誉を回復するため、かならずペシャワール城を陥し、入城したあの女をとらえて思い知らせてやらねばならぬぞ」

イルテリシュの主張に、タルハーンが反論した。

「本末を転倒してはなるまい。われらの目的はパルスを討滅し、積年の対立に結着をつけることだ。一女性をとらえて快を叫ぶなど、小さなことではないか。いずれパルスが滅びれば、それによってかの女性も思い知ることになろう」

正論である。イルテリシュが口を開きかけたとき、カルルックがそれに先んじた。

「たしかにおぬしのいうとおりだ。だが、パルス国内に侵入を果たしてより、戦況はまるではかばかしくない。国王《カガーン》もご不快であろう。何か打開策はないものか」

「考えがないわけでもない。こういう方法はどうであろう」

タルハーンの提案は、ペシャワール城を放棄して、大陸公路を西進することであった。ペシャワール城を救うべく、西方からパルスの大軍が反転してくることは、いささかの疑いもない。ペシャワール城への攻撃をつづけて、日数と兵力をついやすより、城を見すてて西進し、パルス軍を待ち受けるべきではないか。パルスの本軍をたたきつぶせば、ペシャワール城は根を失った樹木も同様、手を下さずして枯れるであろう。

「つまり、正面からパルス軍と野戦する。まさか負けるという者はあるまいな」

タルハーンが笑うと、イルテリシュが半ばいきりたつように口をはさんだ。

「余の者は知らず、おれは負けぬ。だが問題はそんなところにあるのではない。国王《カガーン》トクトミシュ陛下の御心《みこころ》を思え。そのようなやりかたを国王が望まれるかどうか」

吐きすてると、ひとり馬首をめぐらし、会談の場から立ち去ってしまった。とり残された諸将は、いささか苦々しげに声を低めた。

「親王《ジノン》も功に逸《はや》っておられるな」

「むりもない。国王《カガーン》が親征なさるまでに、せめてペシャワール城くらいは陥しておかねば、親王の面目がたたぬ」

「親王だけのことか。われらとて国王《カガーン》にどう申し開きしてよいやらわからぬ。厳格な方だからの」

武将たちは沈黙し、やがてタルハーンがつぶやいた。

「親王のすて台詞、一理ある。パルス本軍の撃滅は国王《カガーン》のために残しておかねば、われらは不興をこうむることになろう」

「ほどほどに、ということだな」

自嘲《じちょう》ぎみに、カルルックが同意した。

翌朝から、トゥラーン軍の攻撃は激烈をきわめるようになった。いったん攻城と決すれば全力をつくす、というわけである。トゥラーン軍の兵力は六万、すべて騎兵であった。このうち三万がパルス軍の来襲にそなえて西方に配置され、残る三万がペシャワール城を包囲して、矢をあびせ、城門の扉に丸太をぶつけ、楔《くさび》を撃ちこんで城壁によじのぼろうとする。パルス軍は応戦に追いまくられた。クバードが兵士たちをはげました。

「心配するな。ほらふきクバードがついておる。美女の群ならともかく、草原の羊飼どもに城は渡さん」

この男は、「ほらふき」というあだ名を、「戦士のなかの戦士《マルダーンフ・マルダーン》」や「双刀将軍《ターヒール》」という名誉ある異名に匹敵するものと思っているようであった。兵士たちは思わず笑い、笑うことによって疲労や不安を忘れ、士気を高めて、トゥラーン軍の猛攻に立ちむかった。クバードという男は、キシュワードやダリューンとちがった独自のやりかたで、兵士を困難に立ちむかわせることができるのだ。

トゥラーン軍は投石器を持ち出してきた。これまで占領してきた土地の技術者に兵器をつくらせるのが、トゥラーンのやりかたである。材料も手近なところでまにあわせる。

投石器の性能は、上できとはいえなかった。人間の頭ほどの大きさを持つ石を、五十個ほどペシャワールの城内に撃ちこんだが、その反動に耐えきれず、投石器自体が、ばらばらにこわれてしまったのである。二台めの投石器が引き出されてきたが、ファランギースが、投石器をあやつる兵士を遠矢で射倒してしまった。それでもあらたな兵士が投石器を動かそうとしたので、ファランギースは、今度は投石器を組みたてている木製のねじをねらって火矢を射た。ねじはこわれ、投石器は分解した上に燃えあがってしまった。

ファランギースの神技には、敵も味方も驚歎《きょうたん》したが、投石器を断念したトゥラーン軍は、今度は地面を掘りはじめた。地下道を掘って城内への侵入路をつくろうというのである。工事現場には盾を並べて矢をふせぎ、一万人の兵士が猛然と土を掘りにかかった。これには、さしあたって対抗策の立てようがなかった。こちらからも地下道を掘り、そこへ水を流しこもうか、とファランギースが考えていると、三日めの払暁《ふつぎょう》のことである。

「パルス軍だ！」

驚愕《きょうがく》の叫びが、トゥラーン将兵の耳を打った。トゥラーンの将軍たちは、寝床からはね起きて馬に飛びのった。

パルス軍は西方から来るものと信じ、その方面に軍の主力を配置して、待ちかまえていたのである。だが、軍師ナルサスの計画にしたがい、パルス軍は大陸公路の南方を大きく迂回《うかい》して、いったんシンドゥラ王国の領土内にはいり、夜のうちに東からペシャワール城のすぐ近くに忍び寄っていたのだった。

払暁、こうしてペシャワール城の東方一帯で、パルス軍とトゥラーン軍は衝突したのである。トゥラーン軍にしてみれば、城内のパルス軍と城外のパルス軍とに挾撃《きょうげき》されたようなものであった。広大な平原であれば、パルス軍と五分に戦えるトゥラーン軍も、このときは機先を制され、自分たちの布陣するなかにパルス軍の突入を許してしまった。パルスの将軍が陣頭に馬を躍らせて挑んでくる。

「他国の不幸につけこんで無名の師《いくさ》をおこす無頼漢め。草原の覇者が聞いてあきれる。今後トゥラーンは草原の腐肉《ふにく》あさりとでも自称するがよいぞ」

そう敵軍を一喝したのは、「双刀将軍《ターヒール》」キシュワードであった。左右の手に二本の剣をきらめかせ、両脚だけで乗馬をあやつりながら、早くもトゥラーン兵の血に刃《やいば》を曇らせている。その雄姿を見て、馬を駆けよせたのは勇将ボイラであった。キシュワードがさらに毒舌をあびせかける。

「身のほどを知らぬ野心は、自分ばかりか祖国も滅ぼすことになるぞ。自ら求めて、亡国の民となり、愚者の名を歴史にとどめたいか」

「きさまらこそ……」

そこで絶句してしまうのは、パルス人なみにパルス語をあやつれぬ異国人の悲しさである。大陸公路で国際公用語と認められているのはパルス語と絹の国《セリカ》語だけであるから、たがいに意思を通じさせようと思えば、トゥラーン人でもパルス語を使わなくてはならない。ボイラは、口で対抗できぬことをさとった。

「やかましい！　これをくらえ！」

どなるが早いか、矛《ほこ》をふるって突きかかった。勢いといい速さといい、尋常でない一撃であったが、キシュワードは左の剣であざやかにそれを受け流し、右手の剣を短く鋭く水平に払った。白刃は、がらあきになったボイラの咽喉《のど》を斬り裂くはずであったが、トゥラーンの勇将は、たくみに矛の柄《え》をあやつって、その斬撃をはじき返した。馬が躍り、両者の位置がいれかわる。

キシュワードがボイラと激闘をまじえている間に、黒衣の騎士ダリューンはトゥラーンの軍中に駆けこんでいた。左右の部下に指示を下し、たくみにトゥラーン軍を追い散らしつつ、ペシャワールの城門に近づく。さえぎる者はことごとくダリューンの長剣にかかって、空と地に自らの血を振りまいた。だが、なお恐れる色もなく彼に駆けむかってきたトゥラーン騎士がいる。

「おう、その黒衣。ダリューンとはきさまだな」

トゥラーン騎士の両眼が雷光のような危険なかがやきを発した。親王《ジノン》の称号を持つイルテリシュであった。

「亡父の仇《かたき》、千余日の間、きさまへの怨みを忘れた日はなかったぞ。いまこそ、きさまの罪をつぐなうがいい！」

自分が何十人の復讐者にねらわれているか、ダリューンは算《かぞ》える気にもなれぬ。人として、人の生命を奪うのは罪悪であるにちがいないが、いずれも堂々たる闘いの結果であり、自分自身に恥じるようなことは、ダリューンはしていないつもりであった。とはいえ、先方がダリューンを憎むのも、人の情としては自然なことである。

「おぬしが何者か知らぬが、おぬしにだけ殺されては、他の者に義理がたたぬのでな。ここで殺されてやるわけにはいかぬ」

「安心しろ。そいつらには、おれのほうからわびてやる！」

豪語すると同時に、イルテリシュは突進してきた。すさまじい一騎打が開始されようとした寸前、彼らの周囲で矢の羽音がいくつか生じ、流れ矢の一本がイルテリシュの乗馬の頸をつらぬいた。馬はよろめいて悲鳴をあげ、騎手は呪いと怒りの叫びをあげて、もろともに砂塵のなかへ倒れこんでしまう。

「後日、再戦しよう」

言いすてて、ダリューンは、本来の目的であるペシャワールの城門へと黒馬を駆った。といつしか、彼の眼前で城門が開き、城内から突出した騎士が大剣をふるう姿が見えた。

「おお、クバード卿ではないのか」

ダリューンは目をみはった。

「アトロパテネ以来、姿をお見かけしなかったが、無事であったとは重畳《ちようじよう》。王太子殿下に味方していただけるのか」

「このようすを見ると、さしあたりはそのつもりらしいな」

人を喰った返答をする間にも、クバードの大剣は、重い金属音をたててトゥラーン兵の冑《かぶと》をたたき割り、首と胴を斬り離し、砂上に血のモザイク模様を描き出している。ダリューンも、クバードらしい返答に笑いをかえすと、自らの長剣を縦横にふるった。

ダリューンとクバードが馬を並べて剣をふるい、人血の虹を宙にかけるありさまは、パルス兵にとって、この上なくたのもしい光景であった。むろん、トゥラーン兵にとってはこのふたりは人間の形をした災厄そのものである。たじろぎ、恐れ、死の旋律《せんりつ》をかなでる二本の白刃から遠ざかりはじめた。

後退の角笛《つのぶえ》が、トゥラーンの陣中からひびきわたった。形勢不利と見て、カルルックが、角笛を持つ兵士にそれを命じたのだ。トゥラーン軍の秩序は、乱戦のなかでもよく保たれていた。後退がはじまる。キシュワードを相手に、二十合以上も闘いつづけていたボイラも、結着をつけることができぬまま、矛をひき、馬を返したのであった。

ここまで無人境を往《ゆ》くがごとく進撃をつづけてきたトゥラーン軍も、ペシャワール城攻略の失敗をきっかけとして、砂嵐のような進撃を停止させられてしまった。

左肩に鷹《シャヒーン》の「告死天使《アズライール》」をとまらせて、王太子アルスラーンが入城をはたすと、ペシャワール城は熱狂的な歓呼につつまれ、王太子を迎えた中書令《サトライプ》ルーシャンは、感涙を浮かべた。パルス軍入城を知ったシンドゥラ国王《ラージャ》ラジェンドラからは、さっそく、一万の騎兵と二万の歩兵、さらに戦象《せんぞう》部隊をひきいて会盟《かいめい》におもむく、との連絡がとどけられた。情勢は一挙に好転したようであった。

「やれやれ、あの御仁、あいかわらず自分のつごうだけで事を運ぶつもりのようだ」

キシュワードが苦笑すると、他の者たちも、同じ表情で顔を見あわせた。シンドゥラ国王《ラージャ》ラジェンドラが、トゥラーン軍とパルス軍との戦闘を、計算だかく見物していたことは、疑いようがなかった。トゥラーン軍とパルス軍が共倒れになることを、シンドゥラの神々に祈っていたにちがいない、とは、ダリューンの意見であった。反対する者は誰もいなかった。

一方、トゥラーン軍は、ペシャワール城の西方一ファルサング（約五キロ）の地に再集結し、六月八日、陣形をととのえて城の前面に押し出してきた。パルス軍がそれを迎撃しようとしたとき、地震がおこった。

かなり強い、長い地震であった。それが終わると、パルス軍もトゥラーン軍も、やや気勢をそがれ、戦わずして刀槍《とうそう》を引き、陣にもどった。両国の将兵たちは、これまでめったに経験したことのない地震の巨大さについて、たがいに語りあった。ことにパルス人たちは、ただその巨大さにおどろいただけでなく、背筋に何やらえたいの知れぬ不気味さを感じて、声をひそめたものである。悪いことがおこらねばよいが、と。そして何となく首をすくめ、周囲を見わたすのであった。

「精霊《ジン》どもが、まことに騒々しい。西北の方角に何やら兇々《まがまが》しい風が吹いておるような……」

女神官ファランギースは美しい眉をひそめ、憂色《ゆうしょく》をこめて、城壁上から西北の方角をながめやった。かさなりあう薄紫色の山々の彼方《かなた》にひときわ高く険しく、奇怪な山容と不吉な伝説を持つ山があるはずであった。その名をデマヴァントという。

第二章　魔の山

I

王太子アルスラーンがペシャワールに再入城を果たしたことは、じつは積極的なめでたさを持ったものではない。一か月前にペシャワールを進発し、大陸公路ぞいにルシタニア軍の城塞ふたつを陥《おと》し、ようやく王都エクバターナへの道半ばに達しようかという時機になって——すべてはペシャワールからやりなおし、ということになってしまったのである。

「すべてはむだ骨か、ばかばかしい」

そう吐きすて、徒労感に襲われてもよいところだが、アルスラーンはそうはならなかった。

「ペシャワールが陥ちなくてよかった。死者もすくなかったし、よくみんな耐えてくれた。シンドゥラのラジェンドラどのと協力することもできるし、とにかくよかった」

物事のよい面をとりあげて、そう言われると、みな何となく気分が昂揚《こうよう》し、直面している事態が、それほど困難だとは思えなくなってくる。じつのところ、大陸公路上にはトゥラーンの大軍がいすわり、彼らを排除せぬことには、王都エクバターナへ再進撃することもできぬという状態なのだが。

軍師ナルサスが、入城以後どことなく考えこんでいるようすなので、万騎長《マルズバーン》ダリューンが、理由を問うた。未来の宮廷画家は、ペシャワールの城壁上で声を低くして答えた。

「じつは王都エクバターナのようすが、いささか気になる」

「というと？」

「ルシタニア軍の反応が奇妙に鈍いように思われるのだ。わが軍の後退に、まるで手を出してこなかった」

「おいおい、何をいまさら」

ダリューンは苦笑して友人を見やった。ルシタニア軍がパルス軍の後退に対して何もしかけてこなかったのは、策があるのを警戒したからであろう。ルシタニアにしてみれば、エクバターナの城壁にこもっているかぎり、そう簡単にパルス軍に負けるわけもない。そう思い、手をつかねてパルス軍を見送ったとすれば、ナルサスの策は的中したわけではないか。ダリューンはそう思うが、じつはちがうのだろうか。ルシタニア軍が王都から動けなかった重大な理由が、他にあるというのだろうか。ダリューンの表情を見て、ナルサスが口を開いた。

「そう、城壁の外にいる敵は、ルシタニア人にとってそう恐るべきではあるまい」

「つまり、おぬし、王都のなかで何か異常な事態がおこったかもしれぬというのか」

ダリューンの問いにナルサスがうなずき、ついでにかるく上半身を動かした。鈍い音がして、城壁上に一本の矢がはねた。城外のトゥラーン軍から遠矢が射かけられたのである。

「命中していたら歴史が変わったぞ」

平然とつぶやいて、ナルサスは、地上の敵にことさら手を振ってみせた。怒気《どき》をおびたトゥラーン語の叫びを無視し、城壁上の胸壁に身を寄せる。さらに思案をかさねるようすだ。


ルシタニア軍は一国をすでに征服し、もう一国も半分以上を征服しているのだ。無理もあろうし、矛盾も破綻も出てくるだろう。たしかに、内訌《ないこう》のひとつふたつ出てきても不思議ではない。ダリューンもそう思うが、ナルサスが考えていることは、さらに深いものであるようだった。

あえてダリューンは、それ以上のことを尋《き》かなかった。友人の思案をさまたげてはならぬ、ということを知っている。どうせ数日のうちにナルサスは結論をみちびき出し、眼前の敵であるトゥラーン軍との間に結着《かた》をつけるであろう。そう思っていると、ナルサスが、べつのことを口にした。

「トゥラーン軍は、追いつめられれば、ルシタニア軍と手を組むかもしれぬ」

「トゥラーン人はルシタニア人にとっては異教徒だが、それでも手を組むだろうか」

「いま、われわれはシンドゥラと手を組む形になっている。ラジェンドラ王は、パルスの神々を信じてはおらんぞ」

「なるほど、たしかに」

「それはそれでかまわぬ。三、四年前もそうだったが、中途半端な同盟ほど、つけこみやすいものはない。こちらにも頼もしい味方がひとり増えたことだしな」

クバードのことである。名にし負う豪雄であり、ダリューン、ナルサス、キシュワードらとも旧知の男であった。アルスラーンはむろん喜んで彼を陣営に迎えたが、入城後、クバードは酒を飲んで寝てばかりである。周囲に味方が増えると、緊張を解《と》いてしまう男であった。もっとも、この男なりに、出しゃばりを避ける配慮をしているのかもしれない。

「しかし軍師どのも何かと苦労が絶えぬな」

「うむ、やはり芸術家は俗世のことにかかわるべきではないな。さっさと俗事をかたづけて、絵画の美しい世界にもどりたいものだ」

「絵画のほうで何というやら」

ダリューンの声は低かったので、ナルサスの耳には達しなかった。城壁の外からは、攻囲をつづけるトゥラーン軍の喊声《かんせい》が、風に乗って流れこんでくる。彼らはペシャワールの堅固な城壁を攻めあぐねているが、とにかく攻囲はつづけられており、国境に達したシンドゥラ軍は、出血を避け、トゥラーン軍の陣営を見守っているだけだ。まことにラジェンドラ王らしい計算だかいやりかたで、彼を信頼しているアルスラーン王子の人のよさが、ダリューンは心配になる。その心情を察したように、ナルサスはアルスラーン王子を評した。

「上に立つ者は、殿下のようにあるべきだ。悲観的なことは、おぬしやおれが考えればよい。闇のなかに光を見出すような人物でなければ、あたらしい時代をきずくことなどできぬさ」

そう評して、友人をうれしそうにうなずかせた後、ナルサスは、この場にいない仲間のことを想いだした。

「このところ、楽士どのからの連絡もない。のたれ死するような男でもないが、いずこをうろついておるのやら」

さて、ペシャワール城の西北方、かさなりあう山々の一角では、いまひとりの芸術家が孤独な旅をつづけていた。騎馬の民であるパルス人にとっても、けわしい山岳地帯を騎行するのは容易ではない。だが紺色の瞳に陽気な表情をたたえたその優男《やさおとこ》は、おどろくほど巧妙な騎手だった。断崖ぞいの細い道も、石だらけの尾根も、橋のない川も、あぶなげなく乗馬をあやつって進んでいく。魔の山と恐れられるデマヴァント山の奥へ奥へと、馬を進めていくのである。馬の鞍《くら》に、竪琴《バルバド》がかけられているのが見えた。

「旅の楽士」と自称するギーヴである。

アルスラーン一行といったん別れた彼は、生来の冒険心と好奇心に駆られて、またそれ以外の奇妙な誘惑にさそわれて、デマヴァント山へと乗馬の脚を踏みいれたのであった。デマヴァント山は、善良なパルス人にとっては、恐怖と嫌悪の対象でしかない。

その禁断の地へ、あえてギーヴは進んでいった。アルスラーンたちが急報を受けてペシャワール城へと軍を返している間に、彼は、べつの危険な道を歩んでいたのである。

後世、国王《シャーオ》アルスラーンの伝記を書こうとしたパルスの歴史家たちは、三二一年六月のできごとを記すために、さまざまな工夫と苦労をかさねることになったものである。とにかく、パルス暦三二一年六月という月は、いくつもの重大なできごとが、同時に並行しておこり、それをひとつひとつ把握するのが容易ではなかった。

その責任の一部は、ギーヴにもある。この不羈《ふき》な男が、デマヴァント山に登ろうなどというよけいな気をおこさなければ、事件の数がすこしはへったにちがいない。

むろん、ギーヴは、後世の人々の困惑など知ったことではなかった。

馬を進めるにしたがって、視界は色彩を失っていく。たれこめた雲が陽光をさえぎり、樹木は減少して灰褐色《はいかっしょく》の断崖やむきだしの岩場が多くなる。鳴きかわす鳥の声も、美しいさえずりから、怪異な叫びに変わってくる。岩の間からは毒煙があがり、沼には瘴気《しょうき》がたちこめる。パルスの山野は豊かな生命の美にあふれているのに、デマヴァントの山域に踏みこむと、それらはすべて消えてしまい、荒涼とした圧迫感がせまってくるのだ。

その圧迫感をおぼえているのかどうか、ギーヴは品さだめするような視線を周囲に放ち、うんざりしたように肩をすくめた。

「まったく困ったものだ。もう三日ほども、女の顔を見ておらん。うっかり山中で醜女《しこめ》に出会って、美女と錯覚でもしたら、ご先祖に申しわけない」

ひとりになっても、へらず口をたたく男である。広い意味で、デマヴァントの山域は、七ファルサング（約三十五キロ）四方にもおよぶが、そこへはいりこむ前に、ギーヴは、近くの町で酒と食糧を買いこんだ。防寒用に羊の皮でつくられたマントも買う。夏とはいえ、内陸の山岳地帯は、夜になると急激に冷えこむのだ。

こうしてデマヴァント山域にはいりこんだギーヴは、二日めの夜も迫るころ、山道に奇妙なものを発見した。まあたらしい馬蹄《ばてい》の跡である。しかもひとつではない。おそらく数十騎に上る騎馬の隊列が、いずこの地点からか、ギーヴに先行しているのだ。

「はてな、デマヴァント山に善良な人間が近づくはずはない。おれを除いてはな。とすると、あれは、野盗か山賊か、いずれにせよ、ろくな奴らではあるまい」

勝手な推測を下して、ギーヴは剣の柄《つか》をかるく左手でおさえた。彼は不敵だが無謀ではなかったので、多数の騎馬隊と出会う愚をおかす気になれなかった。用心しつつ、さらに半ファルサング（約二・五キロ）ほど山道を進んで、ギーヴは馬をとめ、岩蔭で一夜をすごすことにした。濃くなりまさる夕闇のなかで、前方に、夜営の火を発見したからである。これ以上、近づくのは、どんな意味からも危険だった。

II

朝の最初の光に瞼《まぶた》をなでまわされて、ギーヴは目をさました。昨夜、火を消したので、身体を内部からあたためるために、葡萄酒《ナビード》を飲んだが、その効果も夜明けには消えてしまい、身ぶるいするほど肌寒い。小川で顔を洗い、口をすすぐと、朝の一杯で、身体をあたためなおした。掌《てのひら》に赤砂糖をのせ、乗馬に嘗《な》めさせてやっていると、頬に水滴を感じた。

視線をあげる間もなく、草の上に小さな雨音がたちはじめる。

「今度は雨か。どうもこの山に嫌われているようだな。つまりはおれが心正しいからだ」

不安定な天候から、つごうのいい結論をみちびき出しておいて、ギーヴは乗馬に鞍をおいた。

「デマヴァント山に降る雨は、蛇王《へびおう》ザッハークの涙だというが、後悔の涙じゃあるまい。怒りの涙だろうな」

蛇王ザッハークの名を知らぬパルス人は、乳児だけであろう。その名は暗黒の翼をはばたかせ、人の心に戦慄《せんりつ》の寒風を送りこむ。偉大なる聖賢王《せいけんおう》ジャムシードを殺害し、千年にわたって暗黒の治世を布《し》いた魔王なのだ。両肩からは二匹の蛇がはえ、その蛇は人間の脳を餌《えさ》として不死の生命を保ちつづけた。

「あんまり聞きわけがないと、夜、蛇王がやってきて、お前をさらっていくよ！」

パルス人は、幼いころ、母親からそう叱られて育った。大の男でさえ、蛇王ザッハークの名を聞くと、思わず首をすくめるのである。ギーヴでさえ例外ではなかった。「蛇王！」と聞くと、つい身がまえてしまう。三歳児《みつご》の魂というやつであろう。

その蛇王ザッハークを打倒して、現在につづくパルス王国を樹立した英雄王カイ・ホスローは、パルス人にとっては、文字どおりの英雄なのであった。パルス人は、子供が生まれると、「ジャムシードの智仁《ちじん》とカイ・ホスローの義勇がさずかるよう」祈るのである。

カイ・ホスローは、即位後は、息子との対立があったりして、かならずしも幸福ではなかったが、死後は、旧《ふる》くからのパルスの神々をしのぐほどに崇拝され、パルスの最大の守護者とされている。

「……デマヴァント山の地下深くに閉じこめられた蛇王ザッハークは、世の終りにふたたび地上にあらわれ、世界を闇に返そうとする。だがそのとき英雄王カイ・ホスローも再臨し、今度こそ永久に蛇王を冥界《めいかい》へと追放するのだ……」

それがパルスの民に伝えられた説話であった。だが、その点、ギーヴは、一般的なパルス人と考えが異なっている。

「ふん、死者が再臨するものか。地上の悪と災厄は、地上に生きる人間の手で解決するしかないのさ。自分では何もせず、神だのみなんぞやっているから、ルシタニア軍も追いはらえない、奴隷《ゴラーム》制度もなくならない。当然のことだな」

だからこそギーヴは、王太子アルスラーンの裡《うち》に、「地上の災厄を一掃する力」を認めたのである。柄《がら》にもなく、王族などという身分の相手に協力する気になり、いまもその心情は変わらない。

ギーヴは用心をおこたっていたわけではない。だが、同時に、透視力を持つ魔道士でもなかったから、先行する騎馬隊が道を見失って引き返してくることなど知りようもなかった。ギーヴと銀仮面の男ヒルメスとは、山道の角で正面から顔を見あわせたのである。ヒルメスとギーヴと、どちらがより驚いたかは、わからない。どちらも旧交を温めるという気分になれなかったことは確かであった。

シンドゥラ遠征の直前、ふたりはペシャワール城の城壁の上で、きわめて非友好的な出会いをした。それが二度めの対面で、このたびめでたく、ほぼ半年ぶりに、三度めの対面が実現したわけである。

しばらく両者はにらみあっていたが、やがてギーヴのほうが口を開いた。

「これはこれは、銀ぴかの色男どの。どうやらペシャワール城の濠《ほり》で魚に食われずにすんだようだな。泥くささがもうとれたとすれば重畳《ちょうじょう》なことだ」

彼の毒舌は、銀仮面の表面にぶつかってはね返った。重苦しくわだかまった沈黙は、銀仮面ことヒルメスの、うめくような声によって破られた。

「ここへ何をしに来た、道化者」

自分で問い、すぐに自分で答える。

「そうか、きさまはアンドラゴラスの小せがれに命じられて、おれたちを探りに来たのだな。あくまでおれに敵対する所存か」

「味方でない者は敵、と、すぐに決めつける。王者としては、いささか襟度《きんど》に欠けるのではございませんかな、殿下」

ギーヴが口にしたことは正論だが、むろんギーヴには、いやがらせの意思がある。たちまちヒルメスは怒気をみなぎらせ、長剣の柄《つか》に手をかけた。両眼の位置にあいた、ふたつの細い穴から、強烈な敵意が放射されてきた。

ギーヴも身がまえた。銀仮面の部下たちが、せまい山道で可能なかぎり左右に散り、半円状にギーヴを包囲する。横目に彼らのようすを見ながら、旅の楽士は、皮肉っぽくつぶやいた。

「やれやれ、ペシャワール城のときと、逆になったな」

語尾に、長剣のひらめきがつづいた。

ルシタニアの騎士オラベリアは、仲間の騎士三人と、それぞれの従者ふたりずつをともなって、ヒルメス一行を追跡している。合計十二騎のルシタニア人は、王弟ギスカール殿下の命令を受け、銀仮面の行動を探っているのだが、命令を下した当人がエクバターナで「手も足も出ぬ」状態にあることを、彼らは知る由《よし》もなかった。

先行するヒルメスらに気づかれぬよう用心しながら、オラベリアたちは追跡をつづけていたが、仲間の騎士のひとりが、馬上でオラベリアに問いかけた。

「あのパルス人ども、いったい何を考えておるのだ」

「知るものか。どうせ異教徒の考えることだ、よからぬ企《たくら》みに決まっておる」

偏狭なイアルダボート教徒らしく、そう決めつけてから、騎士オラベリアは、仲間をはげました。

「だが、いずれにしても、われらには神のご加護がある。パルスの邪神や邪教徒どもを恐れることはないぞ。それに、何よりも、王弟殿下のご命令をいただいておるのだ」

オラベリアは、まず自分自身を激励しているのだった。

「王弟殿下の御意にかなえば、われらの将来も明るいというものだ。パルスの征服に成功してから、どうもいまひとつ、功績をたてる機会がなかったが、この機会に、他の騎士どもをうらやませてやろう」

ひとたびしゃべりはじめると、オラベリアの口数は多くなった。仲間といっしょにいても不安を消すことができないのである。一歩すすむごとに、周囲の風景は暗く陰気になり、風は冷たさと硬さを増し、霧とも雲ともつかぬ水気が渦を巻き、ときおり怪鳥の叫びが、耳と心をおびやかす。毒煙の臭気は不快に鼻を刺し、馬も不安そうに歩みを遅くするのだ。

「聖職者から聞いたことのある、地獄とやらの光景にそっくりだな」

「やめろ、不吉なことを口にするのは」

低声《こごえ》の会話が、とげとげしさを増した。彼らルシタニア人は、パルス人のように、生まれついての恐怖と嫌悪を、デマヴァント山に対していだいてはいない。だが、それにもかかわらず、彼らは、えたいの知れない不気味さを感じていた。彼らも騎士であるから、剣をとって戦うことを恐れはしない。だが、この不気味さは何ごとであろう。空も大地も、暗い悪意を、しめった空気とともに、ルシタニア人に吹きつけてくる。首すじが寒くてたまらなかった。

「妙だな、パルス人どうし、にらみあっているように見えるぞ」

先頭に立つオラベリアが仲間に報告したのは、むろん、銀仮面とギーヴが対峙《たいじ》するありさまだった。深い谷間をはさみ、岩蔭からのぞいたのだ。風下でもあり、ギーヴもヒルメスも、ルシタニア人に気づかなかった。ギーヴのように慧敏《けいびん》な男でも、銀仮面の一行にのみ気をとられていたのである。

「何と、多勢に無勢ではないか。騎士道にもとること、はなはだしい。助勢せずともよいのか」

そう問いかけてきたのは、仲間の騎士のひとりで、ドン・リカルドという者であった。

オラベリアはあきれ、口ひげをゆらして叱りつけた。

「ばかなことをいうな。真の神を信じぬ邪教徒どうし、勝手に殺しあわせておけばよいではないか。誰が死のうと、われわれにとって痛くもかゆくもない」

「うむ、それはそうだが、しかし、異教徒には異教徒の礼儀というか、そういうものがあるだろうに」

口うるさい見物人たちが、馬の口を手でおさえながら論評しているとも知らず、パルス人たちは、対峙から闘争へと移りかけていた。

「何のために、われわれをつけてきた？」

ヒルメスの誤解は、むりもないことだった。ギーヴという男がまた、ことさら誤解をとこうとはしない性格である。

「銀仮面どのの胸に尋《き》いてみたらどうかな。おれはただの楽士にすぎぬ」

「ふん、口のへらぬ奴。それにしてもへぼ画家に、へぼ楽士か。パルスに咲き誇った芸術の華も、どうやら凋《しぼ》む運命にあるらしいな」

銀仮面が微妙な音をたてたのは、嘲笑《ちようしよう》が、仮面の内部にこもったからである。軍師の絵と同列にあつかわれてはたまらぬ、と、ギーヴは思ったが、口には出さなかった。ヒルメスは、抜き放った白刃で山間の冷気を斬り払った。

「どうせ運命なら、ここでかたづけてくれよう」

「そいつはこまる。殺されたら、生きていけないではないか」

「何を世迷言《よまいごと》を！」

怒号と斬撃《ざんげき》が同時だった。強烈きわまる斬撃。まともにくらえば、ギーヴは肩から腰まで一刀に斬り裂かれていたにちがいない。だが、ギーヴは、土でつくられた人形ではなかった。おどろくべき柔軟な身ごなしで、彼は乗馬ごと斬撃から身をかわした。斬撃は空《くう》をきり、ヒルメスの体勢がわずかにくずれる。

すかさずギーヴの剣が宙を走った。ギーヴの斬撃も鋭かったが、ヒルメスの反応も尋常ではなかった。くずれた体勢から、一瞬で上半身と手首をひねると、ギーヴの剣を鍔元《つばもと》で受けて、はね返したのである。馬がいななき、せまい山道で八個の蹄《ひづめ》が交叉《こうさ》した。

「アンドラゴラスの小せがれには、幾人も部下がいるが、そろって逃げ上手だな。ナルサスめもそうであった」

「そいつはちがうな」

「何？」

「おれのほうがずっと上手さ。軍師どのはまだまだ修業がたりんよ」

思いきり手綱《たづな》をひく。ギーヴの乗馬が高々と前肢《まえあし》をあげた。ヒルメスは自分の馬を後退させたが、あざける色を隠しきれなかった。ギーヴが馬首をめぐらし、遁走《とんそう》するものと思ったのである。すかさず背中に一刀をあびせかけるつもりだった。

だが、ギーヴはたしかに「名人」だった。

馬が前肢をおろすや、ギーヴは突進した。正面へ、である。はっとして剣をあげかけるヒルメスの脇を、風の塊のように駆けすぎると、そのまま谷間へ馬を躍らせた。絹の国《セリカ》の衝立《ついたて》のようにそそりたつ急斜面を、馬をあやつって駆けおりる。最後の数歩は宙に飛んで、高い波をたてながら河中に飛びこんだ。わざとらしいうやうやしさで、崖の上へ手を振ってみせる。ヒルメスの部下たちは弓に矢をつがえたが、死角となって、憎たらしい楽士を射ることはできなかった。笑声を風に乗せて、ギーヴは、下流へと遠ざかっていった。

III

英雄王カイ・ホスローの陵墓《りょうぼ》は、デマヴァント山域の北辺にある。南に蛇王ザッハークを封じこめ、北に積年の敵国トゥラーンをにらんで、地上の脅威と地下の恐怖からパルスを守っているのだといわれている。

「死後、何百年も働かされて、迷惑な話さ。英雄なんぞになるもんじゃない」

と、ギーヴなら言うことだろう。だが、カイ・ホスローは、ギーヴよりはるかに責任感の強い人物であったようだ。幽霊になって不平を鳴らすでもなく、三百年にわたって、陵墓のなかからパルスの国土と歴史を見守りつづけてきた。彼の子孫には、名君もおれば暗《あん》君《くん》もおり、同じ血をひく者どうしで玉座をめぐって殺しあいやだましあいもおこった。他国に攻めこまれたこともあれば、他国に攻めこんだこともある。かならずしも、パルスの歴史は、平和と豊かさとだけのうちに移ろったわけではなかった。いや、パルスは豊かな大国として三百年を経てはきたが、奴隷《ゴラーム》制度のような社会的な矛盾をかかえこみ、玉座は野心の標的となって、英雄王の遺徳も薄くなりつつある。いま、その陵墓に、銀仮面の一行が到着していた。

「わが祖先、偉大なる宗祖たるカイ・ホスローよ。御身《おんみ》の義勇を、子孫たる我に貸したまわんことを」

ひざまずいてヒルメスは祈った。

陵墓は広大だが、英雄王の柩《ひつぎ》が埋められた場所には、大理石の墓碑が立てられ、神々の像が配されている。半年に一度、国王《シャーオ》が勅使《ちょくし》を派遣して祭礼をおこなうのだが、アトロパテネの敗戦があってより、それどころではなくなっていた。もともと荒涼たる山中であって、寂寥《せきりょう》の気配が濃い。

「御身の国土と王統とともに、御身の剣をも受けつぎたく存じます。形としては非礼のきわみなれど、正統の王位が回復されたあかつきには、盛大に祭礼をいとなみますれば、一時のことはお赦《ゆる》しあれ」

一礼してヒルメスは立ちあがった。

騎士たちの表情に、脅《おび》えがある。敵兵と戦うときには勇敢な彼らだが、英雄王カイ・ホスローの陵墓を暴《あば》こうというのだ。神を畏《おそ》れぬ所業とは、まさにこのことであった。陵墓を暴く前に、彼らはまず自分たちの心を掘り返さなくてはならなかった。彼らの心を、ヒルメスも承知している。頭ごなしにどなりつけることはしなかった。

「われわれは墓荒らしの盗賊ではないぞ。すべてはパルスの正しい王統を守るためだ。宝剣ルクナバードこそ、正しい王統の証《あかし》。これを入手してこそ、おれは簒奪者《さんだつしゃ》アンドラゴラスとその小せがれに対して、王統の正しさを形として見せつけてやることができるのだ」

「ではございますが、殿下、宝剣ルクナバードは霊力をもって蛇王ザッハークを地下に封印していると聞きおよびます。もし宝剣を取り出すことによって、蛇王が再臨するようなことにでもなりましたら……」

そう意見を述べたのはザンデである。亡父カーラーン以来、ヒルメスの忠臣をもって自ら任じている若者だ。そのザンデが異論をとなえたことに、ヒルメスはおどろいた。不快でもあったが、なお彼は、忍耐づよく部下どもを説得した。

「蛇王ザッハークを封印しておるのは、偉大なるカイ・ホスローの霊であって、宝剣ルクナバードはその付属物であるにすぎぬ。また仮にルクナバードそれ自体に霊力があるとすれば、蛇王がよみがえったところで、おれが宝剣の霊力によってふたたび蛇王を封印してくれよう。つまり、何も恐れる必要などないのだ。さあ、納得できたら、おぬしらの手を貸せ」

ヒルメスの説得には一理あった。騎士たちは、なおためらっていたが、これ以上ためらうと、地下の蛇王より先に、目の前にいる銀仮面の怒りが爆発することは明らかだった。誰からともなく鋤《すき》や鍬《くわ》を手にとり、ヒルメスの指示どおり、土を掘りはじめる。いやな作業は早く終わらせたいとばかり、彼らは黙々として土を掘りつづけた。

「柩を暴くのではない。宝剣ルクナバードさえ取り出せば、柩には手をつけず、ふたたび土に埋める。けっして英雄王の遺体を冒瀆《ぼうとく》することにはならぬ」

作業を見守りながら、ヒルメスがさらにいうと、ザンデはやや重苦しくうなずき、空へむけて視線を放った。

「雷雨が来そうでございますな」

声に不安がこもった。夜明けの霧雨《きりさめ》はとうにあがっていたが、雲の色はかえって濃く暗くなり、ヒルメスの銀仮面や騎士たちの甲冑《かっちゅう》のかがやきをくすませた。暗灰色《あんかいしょく》に渦まく雲のあちらこちらに、小さなひらめきが走るのは、雷神の牙《きば》であろう。「急げ」と、ヒルメスの返答は短い。

やがて騎士のひとりが声をあげ、仲間がそれに和した。掘りかえされた土の奥に、石棺《せっかん》の一部があらわれたのだ。騎士たちは道具をすて、手で土を払いはじめた。ふたたび声があがった。湿気でぼろぼろになった筒形《つつがた》の絹の包みがあらわれたのだ。ヒルメスは大股《おおまた》にその場に歩み寄った。手にした包みは、ヒルメスの手にずしりとした重みを伝えてくる。その長さは彼の身長の半分をこえた。

「これが宝剣ルクナバードか……」

ヒルメスの声が揺れた。感動と興奮が、銀仮面の内側から外界へ沁《し》み出たようであった。絹布《けんぷ》をすて、黄金の鞘《さや》から刃《やいば》を引き出す。

三百年にわたって土中にあった剣とは思えなかった。刃のきらめきは、百万の水晶にもまさった。「太陽のかけらを鍛えたるなり」とは、まことに至言であった。見つめるほどに、刃はかがやきを増し、柄をにぎるヒルメスの掌に、律動的な波が伝わってくる。全身に力が満ちてくるようであった。巨象をすら一刀で斬り殺せるような自信が体内にみなぎってくる。息を吐き出し、あらためて歎声《たんせい》を発しようとしたとき、皮肉っぽい声が彼の陶酔を破った。

「ふん、銀仮面どのの目的は墓あらしか。人間、おちぶれたくないものだ」

数十の視線がいっせいに動いた。陵墓の入口に騎影がたたずんでいる。いわずと知れたギーヴであった。感動をさまされて、ヒルメスが怒気をみなぎらせた。

「へぼ楽士、呼びもせぬのに押しかけて、自分自身を葬《とむら》う曲を奏《かな》でるつもりか。できれば陵墓を汚《けが》したくない。さっさと尻尾を巻いて立ち去れ」

「そうはいくか。宝剣ルクナバードを地上の者が手に入れるとしたら、それはアルスラーン殿下だ。あの方こそ、宝剣の所有者としてふさわしい」

自信満々でギーヴは言い放ったが、以前からそのような信念をいだいていたわけではなく、現在の状況がそういわせたのである。すくなくとも、彼は銀仮面の男が、ルクナバードの正しい持主だとは思えなかった。また、何かとよくない因縁のある銀仮面に対して、いやがらせをしてやろうという気分もあった。

むろん、銀仮面を相手どってのことであれば、いやがらせにしても生命《いのち》がけである。ギーヴは剣士としての銀仮面を、けっして過小評価はしていなかった。さらには、ギーヴがひとりであるのに対して、銀仮面には屈強の部下がついている。だからこそ、いったんは彼らの剣先から逃亡したのだ。

「しかし、それでもなおかつ、宝剣を、ふさわしくない者の手にゆだねるわけにはいかぬ。うむ、われながら見あげた心がけだなあ」

「何をひとりで、へたな詩を独唱しておる」

銀仮面の手は、宝剣ルクナバードの柄をにぎりなおしていた。長大な剣は、単なる鋼《はがね》の工作ではなく、光の塊であるかのように、ギーヴの目には見えた。ヒルメスは、ふいに笑った。

「きさまはふざけた男ではあるが、異数の剣士であるには相違ない。正統の国王《シャーオ》の敵手として、ルクナバードに斬られるという名誉をさずけてくれよう。ふふふ、むろん抵抗してもかまわぬぞ」

認めるのは不愉快だったが、ギーヴは思わず唾《つば》をのみこんでいた。ルクナバードには、たしかにそれ自体の威があって、それがギーヴのように不逞《ふてい》な男をすら圧倒したのだ。だが圧倒されつつも、ギーヴは自らの帯剣を抜きかけた。そのときであった。どこか遠くで何かがきしむ気配がした。馬が不安げに鼻を鳴らした。その足もとで小石が踊り出し、地ひびきが湧きおこって急激に高まった。

「……地震！」

鳴動が足もとを揺るがしたと思うと、半瞬の間を置いて、どおんという衝撃が突きあげてきた。馬がはね、鞍上《あんじょう》で人体が躍った。大地が波うち、鞭《むち》うつような音をたてて亀裂を生じさせた。小石がはねあがり、湿った土が舞いあがった。

「どうっ、どうっ」

いななき狂う馬を、必死に馭《ぎょ》する。剣を抜く前だったので、両手を使えたのが、ギーヴには幸いであった。すでにルクナバードを抜き放っていたヒルメスは、宝剣を取り落とすわけにいかず、むろん手綱も離せず、落馬をまぬがれるのに精いっぱいであった。すばやく、巧妙に乗馬をあやつって、ギーヴは、宝剣ルクナバードの長大な刃のとどく範囲から逃《の》がれた。ルクナバードの刀身は、いまや虹色の光芒《こうぼう》を発し、恐怖におののく人間どもの顔を照らし出していた。

「英雄王のお怒りだ！」

「蛇王が復活する！　世が闇に帰る」

相反する二種類の叫びが、騎士たちの口からほとばしりでた。善であれ悪であれ、人知をこえた存在が活動をはじめたことは、疑う余地がなかった。騎士たちは迷信的な恐怖に駆られ、なかには頭をかかえて地に伏せ、英雄王の霊に赦《ゆる》しをこう者もいる。

「銀仮面の兄さんよ、あんたが蛇王の封印を破ったらしいな」

「何……!?」

ギーヴの声を、混乱のなかで聞きわけて、ヒルメスは相手をにらみつけた。

「その宝剣ルクナバードだ。英雄王カイ・ホスローが蛇王を地下に封印するために、この地に埋めたこと、三歳の幼児ですら知っている。正統の国王《シャーオ》とか称する身で、それを知らぬはずもない」

ギーヴは決めつけた。ヒルメスは旅の楽士をにらみつけたようだが、反論する余裕もない。大地の亀裂はさらに拡大し、崖からは大小の石が転がり落ち、それらの音が交叉して世界じゅうが不気味な音響に満ちているように思われた。と、それらのすべてを圧して、落雷の音がとどろき、断崖の岩が直撃を受けてはじけとんだ。人頭大の石が、ギーヴのすぐそばに落ちてきた。黒雲がますます低くなってギーヴの頭上に落ちかかり、気流が渦をまいて砂礫《されき》を吹きつけてくる。

「なるほど、銀仮面さまは国土より王権のほうがお大事か。蛇王ザッハークが復活して、民を害し国を滅ぼそうとも、自分ひとりのための玉座がだいじなわけだ。まったく、ごりっぱな国王《シャーオ》さまだぜ！」

「あきもせず、へらず口を！」

ヒルメスは怒号し、激震のなかでなおも馬をあやつって、無礼な楽士に必殺の斬撃をあびせようと近づいてきた。

Ⅳ

強烈な力が地軸を揺るがしつづけている。空は暗黒におおわれ、ときおり青白く雷光の剣がひらめいた。天と地が、上と下から人間どもをはさみうちにしようとしている。

「助けてくれ、助けて……！」

割れた岩場に足をはさまれて、騎士のひとりが絶叫している。騎士たちの馬はすでに何頭か逃げ出していた。ザンデが大声で「静まれ、しずまれ」とどなっているが、その声もうわずっているので、さして効果はなかった。

「殿下、とにかく安全な場所へ」

ザンデはそうも叫んだが、ヒルメスは聞いてはいなかった。ルクナバードの威力をわが手にし、それをギーヴの身において試すことに、注意力のほとんどを奪われていた。

馬の足もとで、何かが咆哮《ほうこう》した。

大地が裂けた。まるでルクナバードの刀勢に耐えかねたようであった。すさまじいきしみをたてて、暗い傷口が地に走り、縦に伸び横にひろがった。

ギーヴは躊躇《ちゅうちょ》なく馬腹を蹴った。絶妙の手練であった。馬は巨大な割れ目を躍りこえ、まだ揺れ動く大地に降り立った。ヒルメスもまた非凡な騎手だった。片手に宝剣ルクナバードをかざしたまま割れ目を飛びこえる。馬の後肢が割れ目の縁を蹴りくずして、一瞬ぎくりとしたが、わずかによろめいただけで体勢をととのえると、そのままギーヴめがけて突進してきた。

ルクナバードが大気を斬り裂いた。受ければ剣が折れることを直感し、ギーヴは頭を低くして致命的な一撃をさけた。青白い閃光《せんこう》がギーヴの頭上をかすめ去ったとき、ギーヴは自分の判断が正しかったことを知った。

「ルクナバードを大地にもどせ！」

ギーヴはどなった。優美な芸術家、典雅《てんが》な詩人であるはずの彼も、他人をどなりつけることがあるのだ。

「正統だろうが不当だろうが、おぬしの器量では、ルクナバードの霊力を御《ぎょ》することはできんのだよ。それがまだわからんのか。それともわからないふりをしているのか」

「だまれ！　さかしら口を！」

どなり返すヒルメスの右手にあらためて白刃がきらめいた。ルクナバードを鞘におさめ、ザンデにむかって放ると、彼がもともと持っていた剣であった。ルクナバードではなく、自分の剣を抜いたのだ。ルクナバードに対するこだわりを、一時的に絶ったようであった。

　こいつはもしかしたら、わずかながらおれより強いかもしれん。正直なところ、ギーヴはそう思ったが、相手の剣がルクナバードでない以上、恐れはしなかった。刀身が激突し、飛散する火花が地上の雷光を出現させた。大地が揺れ、馬体が揺れ、鞍上で躍りあがりながら、傑出したふたりの剣士は、十合あまりを撃ちあった。

　それが突然、中断したのは、闘いの間に、両者がある光景をほとんど同時に目にしたからである。ギーヴも動きをとめ、ヒルメスは雄敵を放り出して馬首をめぐらした。宝剣ルクナバードを主君の手からあずかったザンデが、かなりためらったあげくであったが、大地にできた裂け目へ、いきなり宝剣を投じたのである。駆けつけたヒルメスが見たものは、暗黒の地底へと落ちていく宝剣の、最後のきらめきであった。

「ザンデ！　何をする！」

「ごらんのとおりでござる、殿下」

「おぬし、自分がしたことの意味がわかっているのか。覚悟あってのことか！」

　ヒルメスの剣が宙にうなった。剣の平で、したたか顔面を殴りつけられ、ザンデの鼻から血が噴き出す。馬からとびおり、なお揺れ動く大地にひざまずいて、ザンデは怒り狂う主君を見あげた。

「いくらでも私をお殴り下さい。斬られてもお怨《うら》みはいたしませぬ。ただ、この不遜《ふそん》な楽士めが申したことは、残念ながら事実でござる。ルクナバードは蛇王を封印するに欠けてはならぬ神器。いずれ殿下が正統の王位を回復なさった後、神官に命じて儀式をとりおこない堂々と佩剣《はいけん》となされればよろしゅうございましょう。殿下がいま地上の敵をお討ちあるに、宝剣の力など借りる必要はござらぬ」

大地が揺れ動くつど、ザンデの声は乱れたが、とにかく長々と主君への忠言をいいおえたとき、周囲はかなり静かになっていた。

「どうやら寸前で封印の力が回復したらしいな」

ギーヴが肩の力をぬいた。たしかに、鳴動も雷もおさまりつつあった。宝剣の不思議な力が、大地のそれと共鳴していることは、疑いようがなかった。ヒルメスも、いつか肩の力をぬいていた。銀仮面が微妙にふるえ、押しころした声が流れ出した。

「ザンデよ、お前の父カーラーンは、正統の国王《シャーオ》に忠誠を誓い、非命に倒れた。その功績に免じて、今回、お前の罪は赦《ゆる》してやる。だが一度かぎりだ。このつぎ、おれの意に反するようなまねをしたら、よいか、亡父の遺徳も、お前を救えぬものと思え」

かろうじて、ヒルメスは、自分を制したのであった。血まみれの顔を地面に押しつけてザンデは、おそれいった。ヒルメスはひとつ頭を振ると、生き残った部下たちに騎乗するように命じた。

「ふん、あの男、でかい身体だけが自慢の粗暴かと思ったが、存外そうでもないじゃないか。ヒルメス王子にも、まったく、部下がいないというわけではなさそうだ……」

言い終えぬうちに、ギーヴは右手の剣をふるった。鋭い金属音がして、おそいかかってきた斬撃がはね返されていた。それまで地に平伏していたザンデが、にわかに躍りあがって、ギーヴに斬りつけたのだ。

「こら、何をするか、乱暴な！」

「何をするもあるか。きさまは銀仮面卿にさからう不逞の輩《やから》だ。ルクナバードの件にかかわりなく、きさまを殺す！」

ザンデの主張は、もっともである。宝剣ルクナバードの処分について、たまたま意見が一致したからといって、銀仮面卿ことヒルメスたちと、ギーヴとが、以後仲よくせねばならぬ理由は、どこにもない。

まして、ザンデにしてみれば、忠誠の結果とはいえ、主君であるヒルメスの意にそむき、怒りを買ってしまった。ここはせめて、ギーヴぐらいは斬りすてて、ヒルメスの役に立たねばならなかった。

「おぬしの立場は、よくわかる。だが、おれにもおれの立場があって、殺されてやるわけにはいかんね。ましてや、何でおれより実力の劣る奴に殺されてやらなきゃならんのだ?」

「やかましい!」

「あばよ、つきあっていられるか」

またしてもギーヴは、ヒルメス一党の怒りの刃から逃げ出すことになった。ヒルメスの部下は、半数以上が地割れにのみこまれてしまっていたが、それでも一団となってギーヴを追った。このときは、ザンデがやたらとはりきり、ヒルメスは何となく気勢をそがれて追跡には熱心ではなかった。それでも二ファルサング(約十キロ)ほど追いつ追われつを演じて、デマヴァント山の東方へ到ったとき、見はるかす平原を埋めて南下する甲冑の列を発見したのである。騎兵ばかり数万、しかも、林立する軍旗が、パルス人たちをおどろかせた。

「おい、どうやら、おれを追いまわしている暇はないようだぞ。さっさと王都にもどってルシタニア軍に報告するんだな」

どこまでも、ギーヴは抜け目がない。彼自身のおどろきを、ザンデらを脅かす材料に使った。ギーヴにせまって大剣を振りかざしたザンデも、とっさに声が出ない。

三角形を縦に並列させたような軍旗に、図案化された太陽の象《しるし》。それは「草原の覇者」トゥラーンの軍旗であった。これは国王トクトミシュがひきいるトゥラーンの本軍であって、一路ペシャワール城をめざしていたのだ。そしてこの日、デマヴァント山をゆるがした奇怪な地震は、ペシャワール城でパルス軍とトゥラーン軍をおどろかせた、あの地震であった。

あわてるザンデらをすておいて、ギーヴはトゥラーン軍をさけつつ、さらに馬を走らせはじめた。

「事が多いのは歓迎だが、こう一度にたくさん起こっては、いささか手に余るな。おれの目がとどかないところで、どんな楽しいことがおこっているか、知れたものじゃない」

それにしても、王太子アルスラーンは、よほど平穏無事な人生とは縁がない少年であるらしい。シンドゥラ王国にまで出かけて危険と苦労をかさねたあげく、ようやく王都奪回の大軍をおこした十四歳の少年。だが、この時機になって、歴史的な敵国であるトゥラーンの侵入があろうとは。

一度アルスラーンのもとへ帰るべきだろうと、ギーヴは判断した。王太子のもとには、ダリューン、ナルサス、キシュワード、それに何よりもファランギースがしたがっている。彼女らにまかせておけばよいのだが、魔の山で生じた事件を、王太子に報告しておきたい。ファランギースの顔も見たい。そして、何よりも、退屈したくない！

すべての条件がそろったので、ギーヴは、王太子とその軍隊を探して馬を飛ばしはじめたのである。

いっぽう、銀仮面ことヒルメスと、その一党も、あわただしく馬首を西へめぐらした。

「何と事の多いことよな」

ヒルメスでさえ歎息《たんそく》せずにいられなかった。少年のころ、顔に火傷《やけど》を負いつつ猛火から脱出し、生命と王統を守るために祖国を逃がれた。それ以来、ヒルメスの人生は、つねに多難で危険に満ちていた。それでもようやく、簒奪者アンドラゴラスを牢獄にたたきこみ、復讐を果たし、正統の王位に近づきつつあったのだ。それはパルスとルシタニア、二か国の関係にもとづいて、であった。ところが、そこへトゥラーンが加わった。ヒルメスにとっては計算外のことであった。自分自身の巨大な構想を実行にうつした者は、しばしば、自分と無関係なところで他者も何かを考えているのだ、ということを忘れがちになるのだ。

さて、無関係といえば、ヒルメスやギーヴの思惑とは無関係に、デマヴァント山でひどい目にあった者たちがいる。銀仮面の行動をさぐるために追跡してきた、ルシタニア騎士の一団であった。

生命《いのち》からがらとは、まさにこのことであろう。デマヴァント山に侵入したルシタニア人のうち、王都に生還しえた者は二名だけであった。騎士がひとりと従者がひとり。他の者は不幸にも、敵兵ではなく、人知を超えたものの手にかかって、永遠に祖国へ帰ることができなくなってしまった。

かろうじて生命をひろったオラベリアはほうほうの態《てい》でデマヴァント山を逃げ出している。彼はギーヴとザンデらの追いかけっこにつきあうことができなかったので、トゥラーン軍来襲の事実を知ることもなかったのである。

さて、オラベリアはギスカールから密命を受けていたのであり、その内容を知る生者はオラベリアだけであった。むろんギスカールも生きており、自分が与えた命令を知ってはいたが、オラベリアの報告を受けることができるような立場にはなかった。なにしろ、地下牢を脱出したアンドラゴラス王のために、捕われの身となっていたのであるから。

こうして不運なオラベリアは、せっかく経験した奇怪な事実を語る相手もなく、むなしく王都で日をすごすことになる。それはオラベリア自身にとっても、またルシタニアにとっても不運なことであった。

だが、それらの事情は、まだ未来の支配下に属するできごとである。

V

自分の仲間の騎士が、すべて地震で死んでしまったものとオラベリアは思いこんでいた。

ところが、馬もろとも地底にのみこまれて、生きていた者がいたのである。

騎士の名はドン・リカルド。ヒルメス一党と単独でむかいあうギーヴを見て、「多勢に無勢ではないか」といった男である。カイ・ホスローの陵墓一帯に巨大な割れ目が生じたとき、それを避けることができず、地中へ落ちこんでしまったのだ。

馬は頸《くび》の骨を折って死んでしまったが、その身体が転落の衝撃を吸収し、ドン・リカルドは打ち身をいくつかつくっただけで、落命をまぬがれた。それでも、降りそそぐ土や小石の雨の下で、しばらく気絶していたようだ。意識をとりもどしたとき、すでに地震はおさまっていた。土や砂を払い落として上方をながめると、弱々しい日光が地底にまで差しこんでいる。地表へよじ登ることを考えたが、たっぷり五階建の建物ぐらいは高さがあった。

「神さまも中途半端なことをなさる。どうせ助けてくださったのなら、最後まで助けてくだされればよいものを」

ついぐちが出てしまったが、信心ぶかいルシタニア騎士は、あわてて両手をあわせ、神に赦しを乞うた。地底に落ちた身ではあるが、地獄に堕《お》ちるのは、ごめんこうむりたい。生きていれば地上へ出る機会はあるはずだ。だが、不信心の罪で地獄へ堕ちれば、魂は永遠に救われない。死後のほうが、ずっと長いのだ。

「イアルダボートの神よ、心よわき者の罪をお赦しください。この地底の牢獄を脱出することができましたら、かならず神の栄光のために微力をつくさせていただきます」

うやうやしく誓ったとき、ドン・リカルドは、首すじに風を感じた。上からではなく、横から吹きつけてきたのだ。はっとして、騎士は暗闇をすかし見た。横から水平に風が吹きこんでくるということは、この地底の割れ目が、どこかに通じているということではないか。

ドン・リカルドは、割れ目のなかを手でまさぐった。指先や掌に、土や石の感触があった。風を追って動いた手が、土や石のかさなりあうなかに、小さな隙間《すきま》を発見した。喜びの声をあげて、ルシタニアの騎士は、短剣を鞘ごと抜いて、土を掘りはじめた。どれくらいの時間が経過したかわからない。掘っていた土と石の壁がにわかにくずれ、人ひとり通れるほどの穴があいた。

穴の奥には巨大な空洞が暗黒の広間を形づくっていた。神の加護を短く祈ると、ドン・リカルドは底知れぬ穴のなかに踏みこんだ。

パルス人なら誰でも知っている蛇王ザッハークの伝説を、ドン・リカルドは知らなかった。彼だけでなく、オラベリアも知らなかったし、ルシタニア人のほとんどが知らなかった。逃亡した大司教ボダンがいっていたように、異教徒の文化など、地上に残しておく価値がないものだった。

自分たちと異なる文化の存在を認めないことこそ、野蛮人の証であろう。ことに、ルシタニアの場合、他の宗教や文化を滅ぼすことが、侵略や征服の大義名分となっていた。ルシタニア人が他国を征服するのは、領土や財宝がほしいからではない。ひとえに、イアルダボート神の御名《みな》をたたえ、正しい信仰を全世界にひろめるためである。他国の文化を滅亡させ、その土地の神々を、唯一絶対の神にさからう悪魔にしたて、イアルダボート教の信仰を強制するのだ。

王弟ギスカール公爵ともなれば、大義名分と事実の差は充分に心えている。征服を長期化させ、完全に成功させるためには、他国の文化や社会風習を大目に見る必要があることもわかっている。だからこそ、大司教ボダンとの間に、いさかいが絶えなかったのだ。ボダンが風をくらってパルスから逃げ出し、完全にギスカールの天下が来た。来たはずであったが、その直後にギスカールは、パルス国王アンドラゴラス三世と捕虜の立場をとりかえることになってしまった。地底をうろつくドン・リカルドと、どちらが不幸かわからない。

そのような地上の事情はさておき、ドン・リカルドは、地底の奇怪な空洞を、奥へ奥へと進んでいった。ドン・リカルドは勇敢な騎士であるにはちがいなかったが、この場合、無知が幸いした。彼と同じくらい勇敢な騎士であっても、パルス人であったら、蛇王ザッハークの伝説を想いおこし、恐怖で動けなくなっていたであろう。

蛇王ザッハークの名を知らぬルシタニア騎士は、どんどん地底を進んでいく。とはいえ、どことなく薄気味悪い場所にたったひとりでいることは事実であったから、自分を勇気づけるために、声をはりあげてルシタニア語の歌をうたったりした。ドン・リカルドはりっぱな騎士であったが、歌い手としては、声の大きさだけがとりえであった。

もともとたいして多くの歌を知っていたわけでもないので、すぐに地下空洞は静けさをとりもどした。ふいにドン・リカルドは周囲の闇を見わたし、剣の柄に手をかけた。何かがいるという気がしたのだ。闇の奥に、何物かがわだかまっている。

「誰だ？　誰かそこにいるのか」

何度かくりかえした後、あることに気づいてドン・リカルドは舌打ちした。ルシタニア語で話しかけても、このような異国では通じない。記憶をたどり、へたくそなパルス語を思いだして、彼はまた大声で呼びかけた。

谺《こだま》が消え去ると、はてしない沈黙が返ってきた。それは無色の沈黙では、すでになかった。背筋がぞくりとするような暗黒の意思が感じられた。

この空洞は、もしかすると地獄に直結しているのかもしれない。ドン・リカルドはそう思った。それはイアルダボート教徒の偏見であったが、ほとんど事実だった。もっと正確にいうと、パルス人の地獄にルシタニア人が侵入したということになるだろう。いずれにせよ、ドン・リカルドは生きたまま地獄ないしその別荘にはいりこんでしまったのだ。

「か、神の御名は讃《たた》うべきかな。悪は畏《おそ》るるにたらず、神の栄光をもって退《しりぞ》くることを得《う》ればなり。畏るるべきは悪を退けえざる弱さなれば……ええと……」

教典の小むずかしい文章を想い出すことができず、ドン・リカルドは口ごもった。これほど深い地下であるのに空気が動き、なまあたたかい風が、見えない触手で騎士の身体をなでまわす。やがてドン・リカルドの足に何かが触れた。かたいなめらかなもので、岩のようでもあるが、そのなめらかさや直線的なところは人工物のようでもある。

それは巨大な岩板だった。厚さが、ドン・リカルドのひざの高さほどもある。縦の長さや横幅ときたら、ひとつの部屋ほどもあった。

何か巨大な部屋に巨大なものを閉じこめていたのだろうか。その何物かは、岩板を押し倒してどこかへ去ってしまったのだろうか。それともまだ近くに潜んで、獲物が地下の迷宮にはいりこんでくるのを待ちかまえているのだろうか。騎士の肌は冷たい汗にぬれた。

しゅるしゅる。しゅるしゅる。音がひびいてくる。巻きついた布を勢いよくほどくような音であった。だが、べつの音にも似ていた。故国ルシタニアの荒野で、ドン・リカルドは毒蛇の舌音を聴いたことがあった。騎士は心臓と舌が凍るのを感じた。この地底には、毒蛇の巣があるのだろうか。

　引き返すべきだ。と思いながら、ドン・リカルドの足は、前進をやめなかった。勇気からではなく、べつの衝動からであった。左手を剣の柄にかけ、甲冑を鳴らさぬよう用心しながら、ドン・リカルドは、体内で心臓の鼓動が銅鑼《どら》のように鳴りひびくのを自覚した。自分はこれまでどんなルシタニア人も経験したことのない事態を見ようとしている、そう思った。と、べつの音が聴こえてきた。じゃらじゃらと太い鎖を鳴らすような音である。

　闇の一部が明るんでいた。黒く塗られた壁の一部に黄白色の染料を上塗りしたような、不自然な明るさであった。鎖を鳴らす音はその付近から湧きおこっていたが、そこに近づくのに、ドン・リカルドが払った苦労はたいへんなものだった。ようやく岩蔭にたどりついたとき、黄白色のものは岩盤であり、何かの光源によって、そこに影が映し出されているのがわかった。

　それは巨人の影であった。黄白色の岩盤に映った、巨大な人の影。頭部の輪郭は、おそらくターバンを巻いているのであろう、奇妙に四角い。だが、ドン・リカルドの注意をひいたのは、べつのものであった。いったい、あれは何であろう。

　首の左右のつけ根から、何か太く長いものが生えて、それがゆらゆらと揺れていた。いや、揺れているのではない。自分の意思で動いているのだ。植物の茎にも似たそれは、動物であった。肢のない、おぞましい動物。蛇であった。イアルダボート教においては悪魔の象徴とされる、いまわしい動物。蛇であった。人間の両肩に生きた蛇がはえている奇怪な存在は、イアルダボート教の教典にものっていなかった。ドン・リカルドがよろめき、岩のひとつにもたれかかったとき、足もとで小石が鳴った。蛇が動きをとめた。永遠とも思える一瞬の後に、蛇を両肩にはやした巨人の影が起《た》ちあがった。すさまじい瘴気《しょうき》が吹きつけてきた。

ドン・リカルドの理性と勇気がはじけ飛んだ。彼は絶叫を放ったが、それを知覚することすらできなかった。彼は巨人に背を向け、こけつまろびつ、無限とも思われる闇のなかを逃げ出した。

空白になった意識が回復したとき、ドン・リカルドは地上にいた。断崖の下、渓流に面した小石の原に倒れていたのだ。手の甲にすり傷ができ、服は何か所も破れ、手指の爪がはがれて血が流れていた。剣もなく、逃げるために甲冑もどこかにぬぎすててしまったようであった。どうやって地底の牢獄から脱出できたのか、考える気力もなかった。疲労と恐怖、そして激しい咽喉《のど》のかわきだけがあった。

ドン・リカルドは、よろめく足を踏みしめて、小川に歩み寄った。岸辺にすわりこみ、水を飲むために流れに顔を近づけた。月の光が降りかかり、川の水を鏡として、ルシタニア騎士の顔を映し出した。ドン・リカルドは呆然《ぼうぜん》として自分の顔をながめ、ひげをなで、うめき声をあげて頭髪をかきむしった。彼はまだ三十歳になったばかりなのに、髪もひげも真っ白になっていたのであった。

第三章　ふたつの脱出

Ⅰ

麗《うる》わしのエクバターナ
大陸の香《かぐ》わしき華《はな》よ
汝《なんじ》の微笑《ほほえ》みに現世《うつしよ》の苦しみを忘れ
人々は群れ集《つど》う、蜜蜂《みつばち》のごとくに

（四行詩大全《ルバイヤート》一〇二九　作者不詳）

パルスだけでなく、多くの国の詩人たちが王都エクバターナの栄華をたたえてやまなかった。「エクバターナ酔い」ということばがあるように、旅の半ばで行程を放棄し、この城市《まち》に住みついて老い朽ちていく人々も多かった。大陸の東と西から、さまざまな文化とさまざまな物資が流れこみ、茶、酒、紙、羊毛、絹、真珠、黄金、綿、麻など、四十か国の商品が四十か国の商人によって売買された。商売が終われば、人々は飲み、歌い、踊り、恋し、昼となとなく人生の実りを楽しんだのである。

パル国自体には、いくつも矛盾や欠点があった。だが全体の豊かさや美しさは、いかくした。宮廷内の権力闘争や陰謀も、奴隷《ゴラーム》制度も、パルスにだけあるもの どこの国も同じだった。自由民《アーザート》たちは、何のかのと不平をならべながらも、そりの豊かさと自由を楽しんでいた。

パルス暦三二〇年秋まで、エクバターナはこうして豊かで美しい城市《まち》でありえた。だが、アトロパテネの野で、無敵のはずのパルス騎兵隊が潰滅《かいめつ》して以来、エクバターナは不毛の冬にとざされた。乱入してきたルシタニア軍は、家を焼き、財貨や食糧を強奪し、男を殺し、女を掠《かす》めとった。ルシタニア人は、衛生や都市計画というものを理解せず、王宮の廊下や家の床に放尿し、酔っぱらってはへどをはき、街を汚しまわった。

だがルシタニア人の驕《おご》りも、わずか半年あまりで挫折を強《し》いられることになった。

アトロパテネの敗戦以来、捕虜として地下牢《ディーマース》に閉じ込められ、拷問を受けていたパルスの国王《シャーオ》アンドラゴラス三世が、牢を脱出したのだ。それだけならまだよい。アンドラゴラスは人質をかかえこんだのだ。余人ならず、ルシタニアの王弟ギスカールが人質とされてしまった。ギスカールはルシタニアの国柱ともいうべき人物であり、無為無能の兄王イノケンティス七世をしのぐ実力と人望があった。ギスカールを失って、ルシタニア人たちは蒼白になった。

アンドラゴラスの豪勇が諸人に冠絶《かんぜつ》するものであるとしても、彼はほとんどただひとりでルシタニア軍に拮抗《きっこう》せねばならぬ。彼の一剣をもってルシタニア軍全員を殺しつくすことはできぬのだから、ギスカールはアンドラゴラスにとって必要不可欠な人質であるはずだ。かるがるしく殺すような所業《まね》はしないであろう。

それがルシタニア人たちにとって、せめてもの希望であった。

ルシタニアを出て、遠き道を歩み、流血の遠い道をくぐりぬけて、マルヤムとパルスの二大国を支配下に置いた。他国にとってどれほど迷惑であろうとも、ルシタニア人にとっては苦難から出発した栄光の道である。いまさら立ちどまることも、引き返すこともできなかった。パルスという豊かな国を喰らいつくさねば、いつか自分たちのほうこそ喰われてしまう。そうならぬためには、ギスカールをぜひとも救い出さなくてはならない。

ギスカールは、イノケンティス七世個人にとっても、どんな難題でもかたづけてくれる、くれた弟である。子供のころから、「こまったこまった」といえば、弟がかたづけてくれて、とにかく、兄にしたり、ため息をついたり、あるいはいやみを言いながら、ではあったが、できないことをやってくれたのである。

ギスカールの指導力と処理能力がなければ、ルシタニアはいつまでも大陸西北辺境の貧乏国でしかなかったろう。有力な廷臣や武将はそのことを知っており、ギスカールを見殺しにして自分が権勢をにぎろうとたくらむ者はいなかった。

いないはずであった。

ふたりの将軍、モンフェラートとボードワンは、王弟から兵権を貸し与えられ、パルス王太子アルスラーンの軍と戦うため準備をととのえているとき、この困難事にぶつかった。彼らは、城外の敵と戦うより、まず、城内の敵をかたづけなくてはならない。

「かならず王弟殿下をお救い申しあげる。でなければルシタニアは異郷で泥の家のように溶け去ってしまう。まず、われら自身の命運を賭けて、殿下の身をアンドラゴラスからと り返さなくてはならぬ」

モンフェラートが決意を語り、ボードワンもうなずいた。彼らは、王宮の一室にたてこもった国王アンドラゴラスと王妃タハミーネを、大軍によって包囲したが、さて、それから先が、じつは容易ではない。

もし城内にアンドラゴラス王をかかえこんだまま、城外からパルス軍の攻撃を受けることになったら。そう考えると、モンフェラートもボードワンも慄然《りつぜん》とするのだった。ルシタニア全軍は、祖国を遠く離れた異郷の地でみじめに滅亡してしまうであろう。これまで積みかさねてきた労苦も栄光も、泥の家さながらにくずれ落ちてしまう。モンフェラートが語ったたとえ話は、まったく誇張ではなかったのだ。

つまるところ、選択はふたつである。人質となっている王弟殿下ギスカール公を見すてるか、あくまで救出するか。

前者を選べば、話は簡単である。くりかえすが、アンドラゴラスがいかに豪勇であろうとも、ただひとりでルシタニア軍三十万人を殺しつくすことはできぬ。だが、その途《みち》を選べるはずもない。かくして事態は膠着《こうちゃく》し、ルシタニア人たちの思案は、どうどうめぐりの迷路にはまりこんでしまうのであった。

このようなとき、毅然《きぜん》として弟を救出する作戦を指揮するのは、兄王イノケンティス七世であるべきだ。だが、神がかりの国王は、自室にこもって神に祈るばかりで、何も具体的な対策をたてようとはせぬ。モンフェラートもボードワンも、とうに国王を見離していたから、国王の自室へ影のようにすべりこんでいった暗灰色《あんかいしょく》の衣の男のことなど気がつかなかった。いらだったボードワンは、モンフェラートにむかってうめいた。

「神は何をしておられる。イアルダボート神は信仰篤《あつ》いルシタニア人の危難をお見すごしあるのか」

ルシタニア人にとって、これは禁じられた疑問であった。だが、ギスカールの苦難と、自分たちの無力を思うと、不可侵なる神に対して、ぐちのひとつもこぼしたくなろうというものであった。

捕えられてもう幾日になるのか。ギスカールには時間の観念が失われつつあった。堂々たる壮年の貴族として、宮廷の貴婦人にも町娘にも騒がれた身が、鎖につながれ、床に転がされているのだ。

王宮全体はルシタニア軍の支配下にあるが、中庭に面し回廊をめぐらせたこの一室は、アンドラゴラスによって支配されていた。皮肉ないいかたをすれば、この一室は、ルシタニア人の海に浮かぶパルスの小さな王室だった。

身心の苦痛と疲労は耐えがたかったが、ギスカールは自らを鞭うって思案をめぐらせた。このままアンドラゴラスの手にかかって死ぬような結果になれば、ギスカールは末代まで恥をさらすことになるであろう。パルスとマルヤム、ふたつの大国を征服し、ルシタニア史上最大の偉業をなしとげたことは忘れられ、悪い評判ばかりが死後に残ることになる。そんなことはギスカールには耐えられなかった。

モンフェラートやボードワンが、王弟を救出する手段を考えているにちがいないが、彼らに自分の生死をまかせてのんびりしてはいられない。

アンドラゴラスに隙はないものであろうか。ギスカールは自分をとらえた男を観察したが、自由を回復したパルスの国王《シャーオ》は、花崗岩《かこうがん》の塔のように強力で隙がないように見えた。それでも、あきらめてしまうこともあるまい。いろいろと試してみよう。

「教えてくれ、今日は幾日だ？」

「知ったところで詮《せん》なかろう、ルシタニアの王弟よ」

アンドラゴラスの返答は、短く、無情である。できるだけギスカールと口をきかぬよう努めているかに見える。大切な人質に死なれてはこまるから、食事や水は与えてくれるが、鎖に縛られたままのギスカールは、犬のように、直接それらを口で食べたりすすったりしなくてはならなかった。屈辱のかぎりである。だが、食べねば体力がつかず、逃げ出す機会もへる。いまに見ておれ、と思いつつ、ギスカールは食べ、飲み、かつ考えた。

それにしても、あれはどういう意味であったのか。ギスカールは考えずにいられなかった。身体の自由を奪われ、生命をおびやかされながら、それでもなおかつ、彼が気になっていたのは、王妃タハミーネが、夫であるアンドラゴラスに投げつけた声であった。

「わたしの子を返して！」

王妃タハミーネの子といえば、王太子アルスラーンであるはずだ。それを返せとはどういう事情であろう。アルスラーンの他にも国王夫妻には子供がおり、その子が父王の命令でどこかへつれ去られた、とでもいうことだろうか。ギスカールには判断がつかなかった。それでもなお執拗《しつよう》に考えつづけたのは、考えることが人間としての証であるように思われたからである。

ふと、べつのことをギスカールは思い出した。それは銀仮面の男がギスカールに告白した、彼の正体であった。それについて地下牢で語りあううち、アンドラゴラスは鎖を切って自らの身を解放したのである。ギスカールは目を光らせ口調をととのえて、パルス国王に声をかけた。

「ヒルメスという名に聞きおぼえがあるだろう、アンドラゴラス王」

ギスカールの声が耳にとどいたとき、甲冑《かっちゅう》につつまれたアンドラゴラス王の身体が、わずかに揺れたように思われた。ギスカールは王妃タハミーネの反応を確認しようとしたが、彼の視線はアンドラゴラスのたくましい甲冑姿にさえぎられて、王妃にはとどかなかった。

珍しいことだが、アンドラゴラスは、椅子に腰をおろしたまま、まともにギスカールを見すえた。床に転がされたまま、ギスカールは、かろうじてその視線に対抗した。

「ヒルメスは、わが甥《おい》だ。予が兄王を殺し、王位を簒奪したと信じていた。だがすでに彼は死んだ。そう答えたはずだ」

「事実なのか」

「何が？」

ことさらに、アンドラゴゴラス王は問い返した。質問の意味を理解しながら、傲然《ごうぜん》とうそぶいている。

「おぬしが兄王を殺したということがだ」

せいいっぱい、さりげなくよそおったつもりだが、わずかに声がうわずった。アンドラゴラスの目は、遠くを見ていた。

「生者は知る必要のないことだ」

そっけなく答えるまで、間があった。そのとき、彫像のようにすわっていた王妃タハミーネが、ヴェールごしに夫を見やったようである。だが、口に出しては何もいわない。

「ヒルメスにはそれがわからなんだ。あやつには事実よりも、自分が心に描いた想像図のほうがたいせつだったのだ。もっとも、それはおぬしらの国王でも似たようなものだろう」

もののみごとに正鵠《せいこく》を射られたので、ギスカールは返答できなかった。アンドラゴラスが、はぐらかしたことは確かであり、対等な立場であったら、ギスカールはさらに鋭く追及したであろう。だが、追及をギスカールは断念した。これ以上、追及したところで、アンドラゴラスを不快にさせるだけである。

たいせつな人質であることは、とらえた者もとらえられた者も承知している。殺すわけにはいかない。だが、

「片耳を失ったところで、人質としての価値は変わらぬ。それとも手指がよいか」

低く笑って、アンドラゴラスがギスカールの片耳に大剣の刃《やいば》をあててみせたのは、事態が膠着《こうちゃく》してしばらくたったときであった。実行はされず、脅しであったが、ギスカールには充分こたえた。それ以来、ギスカールは、自分の立場を楽観的に見ないようにしたのである。

II

今度はアンドラゴラスのほうが口を開いた。

「ところで、こちらにも尋《き》きたいことがあるのだがな、ルシタニアの王弟よ」

「……何を尋きたい？」

「予のたのもしい味方のことだ」

「パルス軍のことか」

「そうだ。パルスにはまだ十万をこす将兵が無傷で残っておるはず。彼らの動静を知りたい」

「それは……」

「口ごもるところを見ると、あるいは王都の城壁の外まで迫っておるのかな」

アンドラゴラスの視線が、部下たちの方向へ動いた。つい先日まで、地下牢《ディーマース》の拷問吏として、アンドラゴラスを痛めつけていたはずの男どもである。だが、ひとたびアンドラゴラスが自由を回復すれば、人間の格がちがう。いまや彼らはアンドラゴラスの命令のままに黙々と動く肉人形と化していた。

何しろ、もともと戦士ではなく拷問吏どもである。鎖に縛られて身動きもろくにできぬギスカールとしては、彼らの視線が不気味でしかたなかった。男ざかりで健康なギスカールの身体は、拷問吏にとって、さぞ責め甲斐があることだろう。

ギスカールの心中を知ってか知らずか、

「イアルダボートの神とやらは、けっこう偉大な存在かもしれぬな。あのような国王をして、パルスを征服せしめるとは」

そうつぶやいたアンドラゴラスは、やや表情を変えてギスカールを見すえた。腰の大剣が、寒けのする音をたてた。

「で、パルス軍はどうした。まだ答えを聞いておらぬぞ、ルシタニアの王弟よ」

「ペシャワール城を進発し、大陸公路を西へ進んでおる」

ギスカールは答えた。隠してもしかたのないことであった。ルシタニアがわの二城が陥《おと》されたことも告げた。告げるうちに、ひとつの計算がギスカールの体内で急成長を開始した。それはイアルダボート神のお告げだ、と、兄王ならいったであろう。アンドラゴラスの微妙な反応から、彼が王太子アルスラーンの武勲《ぶくん》をすなおに喜んでいない、と、ギスカールは見てとったのである。これは利用すべきだ、とギスカールは確信したのであった。

一方、ルシタニア軍のほうでは、苦境を打開するためボードワンが一策を案じていた。

「アンドラゴラスはいつ眠るのだ。奴が眠っている間に襲撃すれば、王弟殿下を救出することもかなうのではないか」

もっともな提案であった。ルシタニア軍としては、おそろしいのはアンドラゴラスの豪勇だけで、他の者は語るにたりない。アンドラゴラスの寝こみをおそえば、事は一挙にかたづくのではないか。

「乱入してアンドラゴラスを斬る。ことのついでに、タハミーネとやらいうえたいの知れぬ妖女めも、よってたかって殺してしまえ。国王陛下はお怒りになるだろうが、誰が殺したのかわからねば、罰することもできまい」

ボードワンが武断派らしくそう言い放ち、モンフェラートの慎重論を押しきった。モンフェラートとしても、さしあたり代案がなく、ボードワンの意見に最後は同意した。くれぐれもむりなことはせぬように、アンドラゴラスを討つよりギスカール公を救出するほうが重要だ、と条件をつけて。もとよりボードワンもそのつもりである。

時刻は夜明け直後を選んだ。深夜ではなくこの時刻が選ばれたのには、充分な理由がある。深夜には夜襲があることを、アンドラゴラスは予測しているであろう。ひと晩じゅう不眠で緊張を強いられ、夜が明ければ気もゆるむにちがいない。

こうして、選抜された完全武装の騎士たちが、朝の最初の光とともに、アンドラゴラスがこもる部屋に躍りこんだのだ。

「覚悟せよ、邪教徒の王！」

先頭に立った騎士は、剣をかざして突入した。

アンドラゴラスの返答は、声でもなければ、ねぼけ顔でもなかった。剣光が水平に走った。

ルシタニア騎士の首は、鮮血をはじかせて石畳に転がった。首を失った胴は、切断部を人血の泉と化せしめて、そのまま立ちつくしていたが、一瞬の後、鈍い音をたてて床に倒れた。

それがきっかけとなって、苛烈《かれつ》な斬りあいがはじまった。

本来なら、一方的な殺戮《さつりく》になるはずであった。抜剣《ばっけん》して部屋に躍りこんだルシタニア騎士は、四十名を算《かぞ》えたのだ。他方、受けてたったパルスがわは、十人に満たぬ。いや、厳密にはただひとりであった。乱刃《らんじん》に包囲され、寄ってたかって斬りきざまれ、血の泥濘《でいねい》に沈みこむにちがいない。

そうはならなかった。アトロパテネ以来、はじめて甲冑に巨体をつつんだアンドラゴラス王は、アトロパテネで発揮しそこねた武勇を、王宮で思う存分、発揮したのだ。

ふたりめの騎士は、風を裂いて振りおろされたパルス国王の剣を、かろうじて受けとめた。刃鳴りにつづいて、死のうめきがおこった。アンドラゴラスの剛剣は、ルシタニア騎士の剣をたたき折り、そのまま速度と勢いを落とさず、相手の頸《くび》すじにたたきこまれていたのだ。

その騎士が血の驟雨《しゅうう》をばらまいて床に倒れたとき、すでにつぎの犠牲者がアンドラゴラスの大剣にかかり、首と胴とを反対の方向へ投げ出していた。膂力《りょりょく》といい、剣技といい、迫力といい、強烈をきわめるものであった。人血が舞いあがり、首が飛び、骨がくだかれ、肉が斬り裂かれ、けっして弱くはないはずのルシタニア騎士たちが、草でも刈るように撃ちたおされていくのだ。アンドラゴラスは、単に国王《シャーオ》としてパルス軍に君臨していたのではなく、まさに実力によってパルス軍を統率していたのだ。そのことが、ルシタニア人たちには、はっきりとわかった。血臭《けつしゅう》が室内にあふれ、扉から廊下へとなだれ出るに至って、ルシタニア軍は企《くわだ》てを断念した。

「失敗したか……！」

天をあおいで、ボードワンは歎息《たんそく》した。多くの犠牲者を出して、アンドラゴラスを討ちとることも、ギスカールを救出することも、できなかったのである。

生存者だけが扉から逃れ出てきたが、無傷の者はひとりもいなかった。不運な騎士たちの傷口からは、血とともに敗北感と屈辱感が流れ出しており、それを知ったボードワンもモンフェラートも、すぐに再攻撃をかける気になれなかった。もはや何度めのことか、ふたりの将軍は憮然《ぶぜん》たる顔を見あわせた。

「何という強剛《きようごう》だ。人間とも思えぬ」

負け惜しみをいう気力もなく、ボードワンは手の甲で額の冷汗をぬぐった。

「よくまあ、あのような奴らにアトロパテネで勝てたものよ。すべては夢であったという気すらするぞ」

「かもしれぬ」

モンフェラートの返答は深刻だった。じっさい、すべては夢であるような気がする。マルヤムを滅ぼし、パルスを征服したのも。人血の匂いと財宝のかがやきとを手に入れたことも。王弟ギスカールがとらえられたことも。すべて一夜の夢であって、目がさめれば自分たちはルシタニアの貧弱で暗い王宮の一室に寝ているのではないか。

かなり陰気な考えにモンフェラートがとりつかれていると、小走りの足音が近づいてきた。騎士のはく軍靴の音ではなく、やわらかい布靴の音である。ふりむいたモンフェラートとボードワンの目に、国王《シャーオ》イノケンティス七世の侍従をつとめる小男の姿が映った。

「国王陛下が……」

主語だけを聞いたとき、モンフェラートはルシタニアの廷臣としてあるまじき想像をした。およそ役たたずの国王イノケンティス七世が、卒倒するか頓死《とんし》するかしてくれたのだろうか、と。だが、主語につづいた侍従のことばは、予想をこえるものであった。

「甲冑を持ってくるようにとおおせになられました」

「……誰が着るのだ、甲冑など」

「国王陛下がお召しになるのでござる」

その声は、モンフェラートの耳にとどいたが、心にはすぐにとどかなかった。この世ならぬ声を聴いたように、モンフェラートは侍従を見かえした。

「甲冑など着て、陛下は何をなさるおつもりか」

そう問いかける自分の声も、この世ならぬものに思えた。返事はさらに現実感から遠かった。

「陛下には、あのけしからぬ傍若無人なアンドラゴラスめと、一騎打をなさるご所存でござる。して、その旨をアンドラゴラスに告げるようにとのおおせでござる」

「一騎打……？」

モンフェラートは、めまいにおそわれた。

イノケンティス七世は、体格はよいが、体力は貧弱であって、甲冑など着こんで闘うようなまねができるわけはない。それどころか一歩も動けないであろう。剣技を形だけは学んだが、実戦を経験したこともない。アンドラゴラスの豪勇に対抗できるはずもなかった。パルス国王が片手をひょいと動かしただけでルシタニア国王の首は胴体に別れをつげるであろう。勝負になるはずもない。おろかしい国王のおろかしい企てを阻止しなくてはならなかった。

モンフェラートは、国王の居室へと駆けつけた。パルス風の草花の紋様を彫りつけた大きな両開きの扉の前で、侍従たちが困惑の視線をかわしあっていた。室内から、やたらとはでな金属のきしみがひびいてきた。あわただしく入室したモンフェラートの目に映ったのは、侍従たちの手で銀灰色の甲冑を着せられているイノケンティス王の姿だった。

「おう、モンフェラートか。案ずるな、ギスカールがおらずとも予がおる。ルシタニアは安泰じゃ」

「陛下……」

モンフェラートはうめいた。ギスカール公がいなくてご自分で国を統治できるとお思いか。そう言ってやりたかったが、さすがに口にできぬ。

ふと、心の一部がうごめいた。勝手にしろ、と思ったのだ。いくらとめてもきかぬのなら、好きにさせるしかない。アンドラゴラスに斬られて死ぬのが望みなら、そうさせてやればよいではないか。そうなったところで、ルシタニア人の誰もこまりはせぬ。

低い笑声がした。モンフェラートを直視して、イノケンティス王が唇をゆがめた。

「わかっておるのだぞ。そなたらが、予よりギスカールを重んじておるということ」

氷のかけらが、モンフェラートの背筋をすべりおりた。彼は高まる鼓動をおしかくして国王を見なおした。血色の悪いイノケンティス七世の顔に、奇妙なふたつの光点がある。両眼が血走って、ぎらぎらとかがやいているのだった。モンフェラートは声を失った。これほど世俗的な、権勢欲の脂にまみれた国王の目を、モンフェラートは、はじめて見た。

「だが、国王は予だ。神から地上の支配権をさずかったのは予だ。ギスカールは弟とはいえ臣下にすぎぬ。これは神と人間と、双方が知る事実であるのに、それを忘れておる輩《やから》が多いのは、悲しむべきことだな、モンフェラートよ」

モンフェラートに、返すことばはなかった。

考えてみれば、今回の王の反応は、世に珍しいことではなかった。ふつう嫉妬《しっと》と猜疑《さいぎ》に駆られるであろう。ギスカールほど有能で強力な弟を持てば、兄王としては、ふつう嫉妬と猜疑に駆られるであろう。弟が功績をたてればねたましいし、宮廷内で勢力を伸ばせば不快になる。「こいつ、兄であるおれを逐《お》って、自分が王位につくのではないか」と思う。そして、いっそそうなる前に、こちらが先手を打って、弟を殺してやろうと考える。

王族どうしの人間関係とは、ふつう、そのようなものである。肉親の情愛など、権力欲の前には、春の氷より薄くてもろい。

これまでルシタニアの宮廷で、王と王弟との関係がそのようにならなかったのは、なぜであろうか。ギスカールが賢明だったこともあるが、それ以上に、イノケンティス王が、ふつうではなかったからである。弟の忠誠を疑いもせず、国事の実権をゆだね、神に祈るばかりの毎日であった。

それが何ひとつ前兆もしめさず、いきなりふつうになってしまった。これまでギスカールのことを、ほめたことはあっても、罵《ののし》ったことは、イノケンティス七世はない。せいぜい「ギスカールも毎日きちんと礼拝するようにせねば」というくらいである。弟の実力者ぶりに対して嫉妬するなどということはなかった。それだけは廷臣たちも認めており、「まあ他のことはともかく、嫉妬なさらないのはよいことさ。これでうまくいっているのだから、かまうまい」などといっていたものである。

ところが、いまイノケンティス七世は何といっているか。甲冑を着こみ、武装しながら王の口をついて出るのは、弟に対する憎しみのことばである。

「ギスカールは弟でありながら、兄である予をないがしろにしておった。臣下でありながら国王である予を軽んじておった。王あっての王弟じゃのに、それを忘れて、政事《まつりごと》でも戦いでも、自分ひとりの力でできると思いあがっておったのじゃ。それがいまは、見よ、ぶざまなことではないか」

国王が武器を運びこませ、剣や槍《やり》や鎚矛《メイス》などを品さだめしている間に、モンフェラートはボードワンにささやいた。

「いったい何者が、陛下を、ふつうにしてしまったのであろう」

「あれがふつうか？　いや、あれは今までと反対方向に変になっただけではないか」

ボードワンは、にがにがしげに論評した。彼は同僚のモンフェラートよりさらに国王を突き放して見ていたから、国王が弟をどう思おうと、そんなものは賢弟に対する愚兄のそねみでしかない、と考えている。このさいアンドラゴラスがこのうんざりする国王をかたづけてくれるよう、祈りたい気分ですらあった。

III

王宮の内外で、ルシタニア軍が困惑の渦に巻きこまれていたとき、奇怪な事件がその一《いち》隅《ぐう》でおこっていた。

王宮の廊下を巡回していた兵士の一団が、奇妙な人影を見つけたのである。その人影はさしこむ朝の陽をさけて、壁ぎわからアンドラゴラスがいる部屋の窓をうかがうようすだった。黒に近い暗灰色の衣に全身をつつみ、影の一部に溶けこんだようであったが、朝の光が、身体の輪郭をわずかに浮きあがらせたのである。

「あやしい奴め、何者だ」

ありふれた誰何《すいか》の声を投げつけて、五人の兵士が駆けよると、その人物は、衣の奥から目を光らせ、わずらわしげに身動きした。

暗灰色の衣が騎士たちの前でひるがえった。その衣が幕となって情景を隠した。二瞬ほどの後に衣がとりのけられると、五人のルシタニア兵は、おりかさなって床に倒れていた。

数百年の刻《とき》が彼らの上を通過したようであった。息たえた彼らの身体は、かさかさにひからび、保存の悪い羊皮紙を巻きつけたように見えたのである。

「ふん、たわいもない……」

低く男はあざ笑った。

男の名はガズダハム。王都エクバターナの地下深くに棲息《せいそく》する魔道士団の一員であり、蛇王ザッハークの再臨を待ち望む者のひとりであった。と、空気の一部が動き、姿を見せぬ何者かが彼にささやきかけた。

「見られたのか。ガズダハムともあろう者が、不調法《ぶちようほう》なことではないか」

「グルガーンか。面目ない。これから先どうなるか、ついつい興味をそそられてな」

姿を見せぬ者との会話は、唇をわずかに動かすだけでおこなわれた。ガズダハムは、青白い顔に青白い笑いを浮かべている。

「うまくいったのだろう？」

「さて、尊師のおおせのとおりにしてはみたが、惰弱《だじやく》にして無能なルシタニア国王が、よき人形ぶりをしめしてくれるであろうか。ちと心もとない気がするぞ」

「われらがとやかくいうにはおよばぬ。尊師のおおせにしたがっておればよいのだ。さあ、帰ろうぞ、ガズダハム」

声がかすれて消えると、やや未練げにガズダハムは、中庭をめぐる回廊を見わたし、壁の蔭に身をひそめた。

いまや王者としての責任にめざめた——と自分では思っているらしいイノケンティス七世は、武装をととのえつつ、こう命じていた。

「アンドラゴラスに見える場所で、パルス人どもを殺せ。奴が剣をすてぬかぎり、何千人でも殺すといってやれ。そういえば、決闘に応じざるをえまい。奴がパルスの国王《シャーオ》を自負しておるからにはな」

すさまじい命令であった。大司教ボダンがその場にいれば、さぞ喜んだことであろう。だが、ルシタニアの廷臣や将軍たちとしては、王命だからといって、すぐさま実行するわけにはいかなかった。たしかに、エクバターナに入城した直後には、多くのパルス男女を殺戮し、掠奪やら暴行やら、やりたいほうだいをやってのけた。異教徒には当然の報いだと思っていた。だが、いまは事情がちがう。王都を占領してより半年、ルシタニアの手でそれなりに治安も回復し、万事が落ちついてきたところなのに、ここでまた虐殺などおこなえば、人心が動揺する。万が一、決死の覚悟で暴動でもおこされたら、それが城外のパルス軍の動きと連動して、どんな事態がおこるやら知れなかった。

要するに、ギスカールはルシタニアの柱であり、ルシタニア人の自信の源でもあったわけで、ルシタニア人はいま万事に自信喪失ぎみであった。とにかく、ギスカール公が無事に解放されるまでは、決定的なことをしたくない。モンフェラートもボードワンも、「はい、さっそく」と口でいいながら、時間をかせぐことに懸命になった。その一方で、

「一騎打だ！　国王陛下がアンドラゴラスめと一騎打なさるぞ！」

その噂《うわさ》は、爆発的に広まって、ルシタニアの将兵は、耳をうたがった。どうやら事実らしいということがわかると、上は将軍から下は一兵士まで、アンドラゴラス王のいる宮廷の一画へと押し寄せてきた。世にもまれなできごとを見物してやろうというのである。

「魔に憑《つ》かれたとしか思えぬ。いったい陛下に何があったのだ」

「ひょっとして、あれが国王陛下のご正体で、これまで愚鈍《ぐどん》をよそおっておられたのであろうか」

「愚鈍とはいいすぎだぞ。せめて、そうだな、ぐずとでもいっておけ」

「何をえらそうに。似たようなものではないか」

さざめきあいながら、なるべくよい見物席を確保しようと押しあいするありさまだ。

何とも奇妙なことになった。とらわれのギスカールと、彼を救出しようとする者たちにとって、これほど深刻な事態はない。それなのに、イノケンティス七世が「一騎打だ」と叫んだとたんに、すべてが喜劇の様相をおびてきたのだ。

アンドラゴラスのほうは、一騎打の申しこみを正式に受けたわけではない。室外の騒ぎに対し、じろりと威圧的な眼光を向けたまま、たいせつな人質のそばを離れようとしなかった。むろんギスカールは事態を知る由もなく、不安を押しかくすのに精いっぱいだった。国王《シャーオ》どうしの一騎打ということになれば、これほど厳粛で儀式的な場面はないはずであった。だが、現実にはじまろうとするそれは、どう美化しようとしても、ルシタニアの農村で上演される旅芝居ていどの安っぽい喜劇にしかならない。モンフェラートにしてみれば、悪夢のきわめつけといいたくなる。

イアルダボート教徒にとっては腹だたしいかぎりだが、どう見ても、異教徒の王のほうが、戦士としての力量も風格も、はるかに上であった。ようやく完全武装をととのえて、イノケンティス王が廊下に姿をあらわしたとき、ルシタニアの将軍たちは、必死で笑いをこらえねばならなかった。兵士たちはこらえきれず、忍び笑いをもらした。

まったく、イノケンティス七世ほど甲冑が似あわぬ男もめずらしかった。

イノケンティス王の体格と、高価な甲冑の美々しさとで、形だけはりっぱな騎士像ができあがるはずだった。ところが、だめなのである。イノケンティス王の甲冑姿には、どこかまったく、着用する者とされるものとの間に、反発しあうものが存在するとしか思われなかった。

とにかく甲冑を着こみ、長大な剣をひっさげて、イノケンティス王は廊下を歩きだした。うわっというどよめきが、ルシタニア軍将兵の間からおこった。むろん感歎《かんたん》の声ではなくて、ほとんど、やけっぱちとしか表現しようがなかった。そのどよめきが、モンフェラートをぞっとさせた。かつてルシタニア人は、貧しいながら、それなりに素朴な民だった。だが、神の名を利用して、他国の土地を侵し、富を奪い、民を虐《しいた》げることをおぼえた。勝利によって心を豊かにすることなく、かえって荒廃させた。その心の荒廃が、将兵の荒々しい、病的などよめきに、はっきりとあらわれているように思われたのである。

イノケンティス王が、ぎくしゃくした動きで剣をかざしてみせる。と、ふたたびどよめきがおこった。道化者に対する歓声であった。

「見てはおれん」

ボードワンがつぶやきすてた。

「勝者であり征服者である我々が、遠い異国でなぜこのような屈辱を目《ま》のあたりにせねばならんのだ。国王のために臣下が恥をかくなど、あるべきことか」

「パルス人の観客がほとんどいないのは、せめてもの慰めだな」

「慰めになるか！」

ボードワンはうなり、ほんものの憎悪をこめて自分たちの国王をにらんだ。イノケンテイス王の背中に目があったとしても、マントと甲冑に隠れていたので、ボードワンににらまれたことを、王は知らなかった。

　弟がとらわれている部屋の前に来ると、イノケンティス王は扉を見すえた。パルス風に、前脚をあげた獅子《シール》が図案化してある。獅子の両眼にはめこまれた紅玉《ラアル》が、深紅のかがやきで侵略者の王をにらみ返したようであった。

「パルス国王《シャーオ》アンドラゴラスに、ルシタニア国王イノケンティスがもの申す。扉をあけて応対せよ！」

　堂々たる宣言であったが、室内のアンドラゴラスには通じなかった。イノケンティス王がルシタニア語で話しかけたのに対し、アンドラゴラスはパルス語しか理解できなかったからである。当然、アンドラゴラスは返答をしなかったし、ルシタニアの騎士たちも、わざわざ通訳する気になれなかった。

　室内から谺《こだま》すら返ってこないのを知って、イノケンティス王は乱暴に剣を打ち振り、声を高めた。

「国王が国王に決闘を申しこむのだ。ただ斬りあうだけとはいわぬ。呪われた異教徒の王よ、そなたがもし予に勝ったら、わがルシタニア軍は、奪った財宝のすべてを返し、パルスを出ていくぞ。このこと、唯一絶対の神にかけて誓約するぞ！」

「な、何ということを……！」

ルシタニアの廷臣たちは仰天した。

一騎打でイノケンティス王がアンドラゴラスに勝てるはずはない。その結果、ルシタニア軍はすべての財宝を返してパルスからひきあげねばならぬ。むろん、異教徒との約束など守る必要はないが、国王どうしの決闘に敗れることと、いったん口にした誓約を破ることと、二重の恥をかかねばならぬ。ギスカール公もとりかえせないままになってしまう。

「国王陛下はご病気である。ただちに寝所へおつれ申しあげよ」

ボードワンがどなった。とっさの決断である。これ以上、国王の酔狂につきあってはいられなかった。一瞬、騎士たちは顔を見あわせたが、国王が病気ということなら、力ずくで引きもどす理由ができる。目くばせをかわしあうと、五、六人が同時にイノケンティス王にとびかかり、はがいじめにした。

「国王に対して何をするか、不忠者ども！」

叫びと同時に、剣がひらめいた。自分を抑えつける騎士たちにむかって、イノケンティス王が剣を振りあげ、振りおろしたのである。

国王の動作は緩慢だった。騎士たちも甲冑をまとっていた。国王の斬撃は、一騎士の甲冑の表面を音高くすべって、手の甲にかすり傷を負わせただけであった。すぐさま、べつの騎士が国王の手から剣をもぎとり、床に放り出した。鈍い音をひびかせて、剣は石畳の上にころがった。

「早くおつれせよ。侍医の処方を受けて、ゆっくりとお寝《やす》みになっていただけ」

ボードワンが命じた。薬を飲ませて眠らせろ、というのである。もがきまわる国王《シャーオ》が、騎士たちに半ばかかえこまれ、つれ去られようとしたとき、異様な物音がひびいた。

いましがた手の甲にかすり傷を負った騎士が、石畳にくずれ落ちたのであった。胃の底を氷結させるような不気味なうめきが、鉛色と化した騎士の唇から洩れた。うめきがとだえると、黒い血の滝が口から流れ出した。甲冑につつまれた四肢が硬くつっぱったと思うと、全身が波うち、騎士は動きをとめた。

皆が凝然と立ちすくむなかで、モンフェラートが騎士に歩みよった。絶息したのをたしかめると、イノケンティス王の手からもぎとられた剣をひろいあげる。刃に顔を近づけたとき、刺激的な臭気が鼻を刺した。硫黄性の毒物が刃に塗られていたのである。

「これが陛下の自信の源か。だが決闘に毒刃をもちいるとは……」

相手が異教徒であるとしても、騎士道にもとるのではないか。ルシタニア軍でもっとも高潔な騎士といわれるモンフェラートは、反感をおぼえた。立ちつくす彼のそばで、ボードワンが吐きすてた。

「だいたいパルスなどに長居すべきではなかったのだ。殺すだけ殺した。奪うだけ奪った。王都に火を放って、さっさと引きあげればよかったのだ。あとはパルス人と魔物にまかせておけばよい。無用の長居などしたばかりにこのざまだ！」

ボードワンの声を聴きながら、モンフェラートは、こめかみに鈍い痛みをおぼえた。パルス軍との決戦を待たずして、ルシタニア軍は崩壊しつつあるように思えた。両脚が泥でつくられた巨人の人形のように。

Ⅳ

パルスの東方国境にトゥラーン軍が侵攻し、アルスラーン軍が反転急行してペシャワール城にはいり、デマヴァント山でヒルメスとギーヴが剣尖と舌端に火を散らしている。戦略的にも政略的にも、きわめて重要な時機であった。その重要な時機に、ルシタニア軍は動くことができない。それどころか、動くか動かないかを決めることさえできなかった。べつにイノケンティス王だけではない。ルシタニア全軍がギスカールなしでは、何もできなかったのである。

だが、膠着状態にも限度があった。ついにアンドラゴラスのほうが交渉を申しいれてきたのは、イノケンティス七世が廷臣たちに寄ってたかって眠り薬を飲まされ、豪華な寝台に押しこめられた直後のことである。

「替え馬もふくめて馬を十頭、それに四頭立ての馬車を用意せよ。さらに、自分たちが王都の城門を出るまで絶対に手出しをせぬと確約せよ」

そう告げられたモンフェラートは、内心、やや意外であった。国王乱心という醜態《しゅうたい》まででさらしたルシタニア軍としては、アンドラゴラスにどのような条件を出されてもしかたないところであった。王弟ギスカールと引きかえに、ルシタニア全軍が王都を出る。それくらいの条件はつきつけられるかもしれぬ。そこから長い交渉がはじまると覚悟していたのだが、いっぺんに終着点に来たような気がした。

「自分から王都を出ていくというのか」

「それがおぬしらルシタニア軍の望みではないのか」

アンドラゴラスは、開かれた扉のむこうから、皮肉な笑声を返した。表情をあらためると、床の上で大剣をとんと突く。

「予が王都から出ていくのは、堂々たる大軍をもって王都を奪回するためだ。つぎにおぬしらと会うときは、馬上で正面から覇を決しようではないか」

正面から戦って勝つ自信がないのか。そう口には出さぬ。声にはならぬ。だが、モンフエラートは、敵王の言外の意を理解した。

「よろしい、承知した。馬と馬車は、ただちに用意しよう。また。将兵に手出しもさせぬ。だが、王弟殿下の御身は、いつ返してくれる？　それについて確約をえたい」

モンフェラートの要求に、パルス国王は、酷薄な微笑で答えた。

「そうだな、予を信用してもらうしかないが、心もとないというのであれば、半分だけ返してやってもよいぞ」

「半分とは……？」

パルス語を理解しそこねたかと思って、モンフェラートは首をかしげた。

「王弟の身体を腰斬《ようざん》して、下半身だけ返してやろうというのだ。どうだ、受けとるか」

「ば、ばかなことを！」

絶句したモンフェラートに、アンドラゴラスは、落雷のような一喝をあびせかけた。

「おぬしらルシタニア人のやりくちで事を判断するな！　パルスの武人は信義をもって立つのだ。わが妃《きさき》の安全を保障するためにも、ギスカール公は王都の外まで同行させる。だが、遠からず解放し、おぬしらのもとへ帰す。いずれ、公の首も国王の首も、エクバターナの城頭にさらしてくれるが、それは堂々たる布陣によって、おぬしらの軍を撃ち滅ぼしてからのことだ。忘れるなよ、王弟の身命は、わが手中にあるということをな！」

モンフェラートは凍りついた。

たけだけしいほどの王者の威に打たれて、モンフェラートは絶句した。たとえイノケンティス王が毒刃をふるったところで、アンドラゴラス王を傷つけることなどできなかったであろう。そのことを、モンフェラートはつくづく思い知らされた。それにしても征服者が被征服者に対して、こうも敗北感をいだかねばならぬとは。勝負はいつどのような形でつくか、あらかじめ測ることなどできないもののようであった。

「あのような国王を持って、ルシタニアの廷臣たちも苦労が絶えぬことよな。同情にたえぬわ」

アンドラゴラスの一言がモンフェラートの胸を刺した。祖国を出て、長い戦いの旅に出て以来、これほどの屈辱感を異国人から味わわされたことはなかった。モンフェラートの手が、思わず長剣の柄にかかったが、それを見やりながらアンドラゴラスは平然としていた。

「王たる者は一国を背負わねばならぬ。病弱や弱気は、それ自体が罪だ。王が弱ければ国が滅びる。いや、弱い王が国を滅ぼすのだ。だが、そのようなことを語る時機でもないな」

モンフェラートは柄にかけた手を離した。その後で、自分がアンドラゴラスに一刀で斬り倒される情景を心にうかべ、あらたな汗が背中ににじむのを感じた。こうしてとにかく、講和が成立したのである。

V

アンドラゴラス王とタハミーネ王妃、それに六人の部下は、馬と馬車に分乗した。かって拷問吏であった部下のひとりが馭者台《ぎよしやだい》に乗り、馬車のなかにはタハミーネと、縛られたままのギスカールが乗りこんだ。正確には、ギスカールは放りこまれたのである。屈強な男どもの手で、広くもない馬車内の床に投げ出されたとき、ギスカールは一瞬、息がつまった。

十日分の食糧や飲料水の革袋がつみこまれ、ヴェールで顔をおおったタハミーネが乗りこみ、クッションをかさねた席に着くと、すぐに馬車は走りはじめた。

王宮から王都の城門へと、夕闇の街路を、奇怪な一行は無言のうちに通過していく。その距離は一ファルサング（約五キロ）にもおよぶ。沿道は、ルシタニア軍の兵士五万人によって警備され、甲冑と槍が灯火に反射して、異様にきらめく壁を道の両側につくっていた。

エクバターナの市民たちは、不審と興味のまなざしを、無言の小さな行列に向けていたが、ルシタニア軍の列と夕闇とにさえぎられ、正体をたしかめることはできなかった。もともと、彼らの国王《シャーオ》がこのような形で王都を出ていくなど、民衆の想像を絶している。

ルシタニア軍は、目に見えない緊張の糸に縛られ、冑《かぶと》の下で顔をひきつらせていた。アンドラゴラスが大声で正体を明らかにし、民衆に蜂起を呼びかけたらどうなるか。百万の民衆がいっせいに暴動をおこしたら、ルシタニア軍は総指揮官が不在のままに、混乱におちいるかもしれない。

だが、その心配は無用だった。アンドラゴラスにとって、民衆は統治するものであって、協力を呼びかける対象ではなかったのだ。

「待っておれ、エクバターナよ。そなたの真の支配者が、大軍をひきいてそなたを奪いかえしにくる日をな」

城門をくぐって王都の外に出たとき、アンドラゴラス王は、大きくはないが聴く者の肚《はら》にひびくような声で、そう宣告した。その声は、馬車のなかにいるふたりの男女にもとどいた。パルスの王妃タハミーネと、ルシタニアの王弟ギスカールは、たがいに一言も口をきかなかった。タハミーネはヴェールとかたくなな沈黙で武装しており、ギスカールはすべての気力を失ったように身動きもしない。

アンドラゴラスの宣告を除いて、沈黙のうちに半ファルサング（約二・五キロ）ほどを進んだとき、街道の左右にこんもりした針葉樹の森があらわれ、黒々とした影を一行の上に投げかけてきた。

アンドラゴラスが先頭に立って、森のなかを進みはじめたとき、一陣の風が吹きわたってきた。アンドラゴラスが急に手綱《たづな》をひいた。すさまじい兵気を感じとったのは、歴戦の豪雄なればこそであった。

ルシタニア語の喊声《かんせい》が噴きあがり、左右からルシタニア兵が群らがりたった。剣と槍が白々と星明かりに反射し、一行めがけて低い位置から突きあげられてくる。アンドラゴラスの剛剣が、いくつかの刃鳴りと絶鳴をうみ、路上に人血を振りまいた。激しい混乱のなかで馬車の扉がひらく。ヴェールと暗さで表情を隠したまま、タハミーネはギスカールの身体をひきおこし、無言のまま馬車の外へ突きおとした。ルシタニアの王弟は、背中から地に落ち、身体を打って呼吸をつまらせた。ようやくうめき声を発して、咽喉《のど》をふさぐ無形のかたまりを吐き出し、必死に叫んだ。

「助けよ、忠実なルシタニアの騎士たち、そなたらの王弟がここにいるぞ」

馬車は疾走を開始し、一行は混乱の渦《うず》を突破した。ルシタニア軍は、馬車から突きおとされたギスカールを助けるために、パルス人たちを追うのをひかえた。何といっても、伏兵の目的は、ギスカールを救出することであった。モンフェラートが王弟のもとに、夜の暗さのなかを可能なかぎりの速さで近づき、鎖をほどきにかかった。

「王弟殿下、ご無事で！」

信頼する部下の声に、ギスカールはひきつった笑いで答えた。身を縛る鎖が、音をたてながらほどかれていく。ギスカールにとって、それは自由を回復する天使の歌声であった。

「殺せ、アンドラゴラスを殺せ。生かしてパルス軍に合流させるな」

ボードワンが叫んだ。その命令を実行しようと、馬蹄のとどろきが湧きおこりかかる。するると、疲れはてたようなギスカールが、全身から声を出した。

「いかん、アンドラゴラスを殺してはならぬ。逃《の》がしてパルス軍に合流させよ」

「は、ですが殿下、彼奴《きやつ》めの豪勇といい油断なさといい、ここで殺しておかねば、後日の災厄となりましょうぞ」

「いや、考えあってのことだ、おれのいうとおりにせよ。殺してはならんぞ」

かさねて命じられ、しかたなくボードワンは追撃を中止させた。矢の雨もやんだ。アンドラゴラス夫妻はついにルシタニア軍の手を逃がれ、夜の深く厚い衣のなかへ逃げこんでしまった。

ようやく身体の自由を回復して、ギスカールは、モンフェラートから受けとった一杯の葡萄酒《ナビード》を飲みほした。もどってきたボードワンが、王弟を見守りながら意見をのべた。

「王都の守りをかためねばなりませぬ。アンドラゴラスめ、まんまと逃げおおせたからには、大軍をひきいて攻めのぼってまいりましょう」

「それはそれでよい」

うなずいたギスカールは、急速に身心の活力を回復させていた。パルスの葡萄酒《ナビード》が王弟の全身に活力をそそぎこんだようであった。太い息をついてギスカールは告げた。

「だが、他にもやっておくべきことがある。よいか、これからいうこと、すべて遺漏なく手配しておけよ」

ギスカールが指示したのは、つぎのようなことである。第一に、王都エクバターナの城内にある武器、食糧、それに財宝を整理し、その数量を正確に調べ、いつでも運び出せるようにしておくこと。

「エクバターナに固執する必要はない。いざとなれば、パルスの財宝ことごとくを奪ってマルヤムへ退去してもよいのだ、よいな、モンフェラート」

「かしこまりました」

「では、それにともない、城内にいつでも火を放てるように致しましょうか」

そう提案したのは、ボードワンである。だが、ギスカールは頭を横に振った。エクバターナに火を放つことは、彼も考えた。だが、むしろエクバターナを無傷に残しておくほうが、パルス軍の目標を拡散することになる、と、考えなおしたのだ。場合によっては、パルス軍に対する取引材料ともなるだろう。焼いてしまってはおしまいである。

「それに、おれが見るところ、国王アンドラゴラスと王太子アルスラーンとの仲は、いたって疎遠といってよい。アンドラゴラスが逃げおおせて、パルス軍の指揮権を求めたとき、どうなると思う？」

ギスカールの表情は辛辣《しんらつ》である。モンフェラートとボードワンは、目をみはった。ギスカールは、わざとアンドラゴラスを逃がし、パルス軍の内部に主導権あらそいをおこさせるつもりなのだ。屈辱的な虜囚《りよしゆう》の身で、知略だけは自由にめぐらせていたのである。

「アンドラゴラスを逃がしたこと、おぬしらの敗北ではない。奴を生かしておけばこそ、パルス軍の分裂ぶりを促進させることができるのだ」

ギスカールは顔をしかめた。全身の打撲傷がうずいたのだ。痛みに対する感覚も解き放たれたようであった。

「いまはアンドラゴラスに勝ち誇らせておけ。それも永遠のものではない。じっさいに大軍をにぎっておる王太子とあらそって、親子で殺しあいをすればよいのだ」

にくにくしげに言いすてると、騎士たちに合図し、ギスカールは自分の身を助けおこさせた。左右の腕を騎士たちの肩にあずけながら、さらに命じる。

「誰《たれ》ぞパルス語に長じた、外交の経験ある者を選んでおけ。あるいはアルスラーン王太子のもとへ使者を送ることになるかもしれぬ」

「王太子のもとへ、でございますか」

「アンドラゴラスと倶《とも》に天は戴《いただ》けぬが、王太子となら交渉の余地があるかもしれぬ。いや、ひそかに使者を送ることで、王太子がわれわれと通じていると、アンドラゴラスめに疑わせることもできよう」

王弟のことばに、重臣たちは舌を巻いた。

「おおせのとおりいたします。それにしても、さすがは王弟殿下。あのような苦境にあって、これほどに巧妙な政略をお考えになっていたとは」

「考える時間だけはたっぷりあったのでな」

にがい笑《え》みをたたえて、ギスカールは、右手を騎士の肩からはずし、伸び放題のひげをなでた。最低限、必要な指示のいくつかを与えると、疲労が急激に体内でふくれあがるのを感じた。王都エクバターナにもどって傷の治療をすませたら、まず寝台で手足を伸ばして眠るとしよう。目がさめたら、沐浴《もくよく》し、ひげをととのえ、そして……。

「もうたくさんだ。完全に形式を事実にしたがわせてやるぞ」

ギスカールが決意したのと、ほとんど同じ時刻に、エクバターナの王宮では、ルシタニア人の形式的な支配者が豪華な寝台で目ざめていた。太陽が空にある間、ずっと眠っていたのだ。寝台のそばに甲冑がばらばらに脱ぎすてられているのを不思議そうにながめ、イノケンティス王は侍従たちを呼んだ。

「予は今まで何をしておったのじゃ？　このような場所で眠ってしまったおぼえはないのじゃが……」

寝台に運ばれるまでの、異様な粗暴さは消え失《う》せてしまい、いつもながらの惰弱でとりとめのないイノケンティス王がそこにいた。侍従たちは顔を見あわせ、国王の粗暴さがよみがえらぬのを確認した上で、とらわれのパルス国王が王宮から脱出したことを告げた。

「なに、アンドラゴラスが逃げたと!?」

イノケンティス七世は呆然としたようだが、すぐ声をせきこませて尋ねた。

「そ、それではタハミーネはいかがいたしたのじゃ」

啞然《あぜん》とし、また腹をたてて、侍従はわざとべつのことを答えた。

「御《おん》弟君《おとうとぎみ》のギスカール公は、ご無事どうけたまわります。王室のため、まことに重畳《ちょうじょう》に存じます」

「ああ、そうか、それはよかった。それで、タハミーネはどうしたと尋《き》いておるのじゃ」

「王妃は国王とともに逃げ去りました」

侍従がそう答えたあと、ひとさわぎがおきた。色を喪《うしな》ったルシタニア国王は、寝台から飛び出し、自分が脱ぎすてた甲冑につまずいて転倒した。侍従たちはおりかさなって国王をおさえつけようとしたが、失意の国王は半狂乱で暴れまわり、不幸な侍従たちはかき傷だらけになってしまった。ようやく疲れはてて、国王《シャーオ》は寝台に横たわったが、なお悶々《もんもん》として眠れぬ刻《とき》をすごすうち、王弟の生還が告げられた。着がえもせず兄王に面談して、ギスカールは、うやうやしく一礼してみせた。

「神と兄者《あにじゃ》のおかげをもちまして、どうにか助かりました」

もちろん皮肉である。だが、イノケンティス王には通じなかった。パルス王妃タハミーネの行方《ゆくえ》を問い、アンドラゴラスとともに東へ走り去ったという答えをえると、落胆しきって蒲団《ふとん》を頭からかぶってしまった。弟として、臣下としての礼儀をつくしたので、ギスカールは退出した。つきそってきたボードワンが、声を低めてささやきかけた。

「王弟殿下こそ、まことにルシタニアの国柱たる御方《おんかた》、そのことが将兵一同、骨身にしみましてございます」

ギスカールは返答しなかった。返答する必要もなかった。もはや、王を王としてみなしている者は、イノケンティス七世だけであった。無言のまま二十歩ほどを進んだところで、ギスカールは口を開いた。

「おれも骨身にしみた。いろいろとな」

何気ない一言に巨大な意味がこめられていた。ボードワンは鋭く両眼を光らせ、笑う形に口を開きかけたが、それをおさえると、王弟殿下を寝所へと送っていった。

長い薄暗い廊下は無人になった。壁面の灯火がわずかにゆらいだ。風のそよぎよりも低い声が、壁の一隅で泡のようにはじけた。

「……あの惰弱なルシタニア国王に、一時の狂熱を吹きこんだことに、どういう意味があったのだ。結局、毒刃が、国王の部下をひとり殺しただけではないか」

「そう悲観したものでもあるまい」

「ふむ、グルガーンは、それではどう思うのだ」

「ルシタニアの人心は、完全に国王から離れた。王弟ギスカールが簒奪しても、誰も異はとなえまい。そう、マルヤムに逃亡した大司教ボダンを除いてはな」

「ギスカールめは兄王を弑《しい》するであろうか」

「そこまではするまい。一室に幽閉し、自らは摂政《せっしょう》を称するのではないか。さしあたってのところはな」

「パルス陣営では国王と王太子とが兵権をめぐって対立し、ルシタニアでは国王と王弟とが争うか。王族とは無惨なものよな」

「その無惨さこそが、蛇王ザッハークさま再臨の糧《かて》となるのだ。銀仮面めを煽《あお》って、いま一歩のところまでいったが、ふふ、残念がることもない。地上の人間ども、自らの徳を高めようともせず、欲望のままに、蛇王さまの再臨につづく扉を自分たちの手で押しひらこうとしておるわ……」

悪意にみちた笑声が夜風にまじって灯火をゆらし、それがおさまると、沈黙が埃《ほこり》のように王宮の廊下に降りつもっていった。

第四章　王者対覇者

I

第十四代トゥラーン国王《カガーン》トクトミシュが、騎兵のみ十万の軍をひきいてパルス領内に侵攻してきたのは、六月十日のことであった。この大軍がデマヴァント山の東方を南下していったとき、その軍列を、ヒルメスやギーヴに発見されたのである。

トクトミシュは四十歳、身長は中背よりやや高いていどだが、肩幅が広く、胸が厚く、細い両眼からは針のような眼光が放たれている。味方からはたのもしく思われ、敵からは警戒されるであろう。

もともとトクトミシュは、すんなり国王《カガーン》になれるような環境で育ったわけではない。王族とはいっても、父親も彼自身も妾腹《しょうふく》の身で、王位継承の順位は低かったのだ。彼が成人したとき、彼と王位の間には二十人もの人物が立ちはだかっていた。

だが、トクトミシュは、自分に押しつけられた境遇を、おとなしく甘受《かんじゅ》するような男ではなかった。現状に不満があるなら、自分が満足できるよう、事態を改善すればよいのである。必要とあらば力ずくで。

トクトミシュはまず武人としての実績をあげた。多くの戦いで勇名をはせ、手に入れた名声をもとに王宮内で味方を増やした。掠奪《りゃくだつ》した財宝も、友人や部下に気前よく分配し、戦死した部下の遺族にも羊を与えた。計算ずくで人心を収攬《しゅうらん》したのだが、二十年にわたる努力と、いくらかの幸運とがつみかさねられた結果、彼は草原の王座を手に入れたのだ。

イルテリシュらの先遣隊から、将軍ジムサが百騎ほどをしたがえて国王《カガーン》のもとへ戦況の報告にあらわれた。割のよい役目ではなかった。侍衛の士に、国王のもとへ案内されると、彼は下馬し、戦況の不利を報告したのである。

「役たたずどもめ。月が満ちて欠けるまでにパルス全土を劫掠《ごうりゃく》し、王都サマンガーンへ帰るという大言《たいげん》はどうしたか。エクバターナであればともかく、ペシャワールごとき辺境の小城ひとつ陥《おと》せぬとは、トゥラーン武人の誉《ほま》れが泥にまみれるわ」

トクトミシュ王の声にも表情にも容赦がない。パルス侵入の第一夜は、ペシャワール城の露台《バルコニー》のついた寝室で、と考えていたのである。

「おそれいります。親王《ジノン》イルテリシュ殿下をはじめ、諸将おこたりなく戦いに努めたのでございますが」

使者のジムサは恐縮しきっていた。

「おこたりなく努めたあげくが一城も陥せぬか」

「一言もございませぬ」

「パルス軍はそれほど強いか」

「いえ、けっして強いとは思いませぬ」

眉をあげて、ジムサは反論した。これは負け惜しみではなく、トゥラーン軍は、パルス軍を恐れてはいない。正面から戦えばかならず勝つと信じている。ただ、ペシャワールの堅固な城壁をもてあましていることは事実であった。

「城外では掠奪はおこなったか」

「それが近在の者どもは多くはペシャワールの城内に逃げこみ、掠奪するものもあまり多くはございませぬ。城を陥さずして、兵士どもに分配することもできませぬ」

トクトミシュ王としては、莫大《ばくだい》な財宝を掠奪し、臣下に分配して、人望をえなくてはならない。気前のいい主君、という評判は、彼にとって貴重な財産であった。

その点、トゥラーン人の忠誠心の基準は、はっきりしている。臣民を富ませてくれる王こそ、よき君主なのである。どれほど口でりっぱなことをいっても、君主の権威をふりかざしても、だめである。無能な君主は、さっさと見離されてしまうのだ。

そのような事情があるとはいえ、現に王位にある者はやはり強い。ことにトクトミシュは、無能な臣下に対して、いささかも容赦しなかった。

トクトミシュの即位に反対した者は、すでに根こそぎ討ち滅ぼされている。積極的な反対派でなくても、国王の役にたたぬとみなされた者は、追放されたり幽閉されたりして、有力な味方だけが残った。

トゥラーンの領域は、大陸の北方にある。草原の北は、広漠たる原生林をへて、永久凍土の無人地につながる。風土気候はきびしく、何年かに一度、寒波がおそいかかれば、草は枯れ、羊は死ぬ。無能な王と無能な臣下とが、仲よく酒を飲んでいられるような甘い環境ではないのだった。

……さて、トゥラーンの南進は、パルスだけでなくシンドゥラ王国にとっても迷惑きわまることであった。シンドゥラ国王ラジェンドラ二世は、悲鳴をあげて盟友アルスラーンに救援を求めたはずだが、アルスラーンがペシャワールに入城して以後、国境の東で布陣したまま積極的に動こうとしなかった。パルス軍の迂回《うかい》を認めただけで、守りをかためているだけだ。シンドゥラの老臣のひとりが国王に問いかけた。

「陛下、いかがなさいます。ペシャワールに進撃してパルス軍と合流なさいますか」

「思慮のあさいことをいうな」

あっさりと、ラジェンドラは、廷臣の問いを蹴とばした。サトウキビの酒で咽喉《のど》をうるおしながら、ぬけぬけと説明する。

「何といってもまず第一に、これはパルス人の問題だ。異国人であるわれわれが、あまり出しゃばったまねをしては、パルス人の誇りが傷つこう。あくまでも、われわれはパルス軍を蔭ながら助けてやる、ということにしておかねばな。くれぐれも、出しゃばってはならんぞ」

自分の利益にならぬことには、たいそう控えめになるラジェンドラであった。

そのようなシンドゥラ国王の性格を、パルス軍のほうではとっくに承知しているから、その救援など、まったく期待していない。ペシャワールの城内では、ダリューンが友人にむかって、隣国の王を品さだめしていた。

「ラジェンドラ王など、あてにできるものか。いまさらのことではないが、自分の利益にならぬとあれば、髪の毛一本も動かさぬ御仁だからな」

「まあ、だからこそ、かえって御しやすい面もある」

ナルサスの笑いは、人が悪い。ラジェンドラという人物は、やることなすこと節度がないように見えるが、じつは彼の行動は、きわめて原則に忠実なのである。つまり、その時点における最大の利益を確保しておけば、ラジェンドラを味方としてつなぎとめておくことができるのだ。

じっさい、ナルサスにとって、自由にあつかえる手駒は、きわめてすくない。せいぜい有効に使わなくてはならなかった。

パルス国内に侵攻してから後、事はうまく運ばず、トゥラーン軍はあせっている。だからといって、パルス軍にしても、時間がありあまっているわけではない。国土の解放は、早いにこしたことはなかった。また、エクバターナを占拠しているルシタニア軍に、よけいな時間を与えるわけにもいかない。ルシタニア軍の最高責任者である王弟ギスカール公は、なかなか有能な人物である。何をたくらんでいるか、充分な注意が必要であった。

ギスカールはパルス国王アンドラゴラスの虜囚となって、ほぼ十日間にわたり、さんざん辛酸をなめた。むろんパルス軍に対して謀略をしかけるゆとりもなかったのだが、そのような事情を、パルス軍は知る由もない。ナルサスは、ルシタニア軍の動きが鈍いこと、城内に何か異変が生じたらしいことを見ぬいてはいたが、いかに智謀の人とはいっても、全知の神ならぬ身である。エクバターナ城内のようすを、すべて知りつくせるはずもなかった。

トゥラーン国王が直属の軍をひきいてペシャワール城の門前まで押し寄せたのは、その日、落日が赤い城壁をさらに紅《あか》く染めあげたころあいであった。

「トゥラーンの王旗が見えます！」

城壁の最上部で見はっていたエラムが、声に緊張をみなぎらせて報告した。城壁上に駆けあがって、アルスラーンは確認した。夕風にひるがえる太陽神《ダヤーン》の旗。アルスラーンはそれをはじめて見た。むろん数かぎりなく噂を聞いてはいたが、視界全体が血に染めあげられたような光景のなかで、その旗は兇兆《きょうちょう》そのもののように見えた。アルスラーンの左肩で、鷹《シャヒーン》の告死天使《アズライール》が非友好的な声をあげた。

落日にかがやきわたる甲冑《かっちゅう》の波を割って、とくに豪華な軍装をした一騎が城壁のすぐ近くに馬を進めてきた。傲然《ごうぜん》たるその姿に、ファランギースが弓に矢をつがえかけたが、アルスラーンがそれを制した。その一騎がトゥラーン国王であることは明らかであり、いちおうそのことばを聞いてみようと思ったのである。

「予はトゥラーン国王トクトミシュである。多くを語る必要を認めぬ。汝らがおとなしく降伏開城せねば、全軍をこぞって攻撃するのみだ。満城を流血の湖と化せしめてくれるぞ。こころよい返答を待つが、トゥラーン人は気が短いことを心えよ」

トクトミシュは咆《ほ》えたてたが、アルスラーンは途中で城内に引っこんで、相手にならなかった。

「異国人どもの下品なパルス語をお耳になさっては、殿下の感受性に傷がつく」

というのが、アルスラーンをさがらせたナルサスの言分《いいぶん》であった。

「吼えるのにあきたら、トゥラーン軍も動き出す。どう動くか、だいたい予測はついている」

トゥラーン軍としては、たしかに、いつまでも吼えたてているわけにはいかなかった。夕方から夜へ、紅から黒へ、一瞬ごとに変色していく世界の奥で、トゥラーンの軍列は、ひしひしとした圧迫感をペシャワールの城壁に押しつけてくる。

「奴らの目的は、けっきょく掠奪なのだ。そして国王は掠奪品を公平に分配する役目だ」

ナルサスはダリューンに説明した。

「まあ遊牧の民とは、そのような考えをするものらしい。トクトミシュ王としては期待にそむくことはできんさ」

「はっきりしているな、しかし」

「健全でけっこうなことさ。主君が主君としての責任と義務を果たさぬとき、臣下が忠誠をつくさねばならない理由など、地上のどこにもない」

「君、君たらずとも臣、臣たれ。たしかそういうことばが絹の国《セリカ》にあったが」

ダリューンがいうと、ナルサスは皮肉たっぷりな微笑を目もとと口もとにたたえた。

「絹《セリカ》の国人やパルス人は文明国の民だからな。すぐ体裁をつくろう。その点、トゥラーン人は正直だ。正直ならよいというものでもないが」

トゥラーン軍は数も多く、勇猛でもあるが、持久戦は苦手である。対抗手段としては、まず堅固な城壁によって、持久戦の構えを見せる。パルス軍としては、構えを見せることが、まず武略の第一歩だ。トゥラーン軍のあせりを誘い、こちらの策に乗せねばならぬ。勝算なし、あるいは利益なしとみきわめれば、トゥラーン軍はいつまでも侵入をつづけてはいない。自分たちの領域に引きさがって、つぎの機会を待つ。彼らが退却するとき、サマンガーンまで追撃することはできず、撃滅が不可能だという点で、やっかいな敵だ。だが、一度たたきのめした後、パルスの中央政府がきちんと国内を統治し、国境をかためておけば、彼らは侵攻してはこない。いわばパルスにとってトゥラーンは、国の健全さをはかる尺度のようなものであった。

「それにつけても、早いところ俗事はかたづけて、芸術の正しい道にたち帰りたいものだ」

「おやおや、まだそんなことをいっているのか」

「芸術がおれを呼んでいる。甘やかな呼び声が、おれには聴こえるのだ」

「空耳だろう」

と、黒衣の騎士は、友人の妄想を一言でかたづけた。パルスきっての智将は、不服そうに、パルス随一の雄将をながめやったが、口に出しては何もいわなかった。

II

翌日朝、トゥラーン軍は移動を開始した。はっきりと、ペシャワール城内のパルス軍から見えるように動いていく。パルス軍に誘いをかけていることは明らかであった。

ごく初歩の陽動でしかなく、パルス軍としては「どうぞご勝手に」というところである。ところが、軍師ナルサスは、諸将に指示して、いつでも城外に出撃できるよう用意をととのえさせた。黒衣の騎士ダリューンが、いささか不思議そうな目つきをした。

「トゥラーン軍がいかに挑発しても、当分は出戦せぬというのが、おぬしの考えだと思ったがな」

「そのつもりだったが、ちと考えが変わった。ひとつには、トゥラーンの有力な武将をひとりとらえてほしいからだ。もうひとつは、もしかして王太子殿下が出戦を主張なさるかもしれぬ。ないにこしたことはないが……その理由に思いあたってな。つまりこうだ」

ナルサスが説明すると、ダリューンはうなずいた。

「国王が民衆を政略の道具とするようでは、その国はおしまいだ。王太子殿下はそれはなさらぬ。わかった。出戦の用意をしておこう」

こうして、パルス軍の半数が出戦の準備をととのえたところへ、

「トゥラーン軍の陣頭に、誰やら引き出されています」

と、エラムの報告であった。

いずれパルスの東方国境には、解放されて自由民《アーザート》となった奴隷《ゴラーム》たちの入植が開始されることになっていた。将来は武器を持たせ、武装農民とする予定であったが、まだこの時期には、そこまで計画が進んでいない。トゥラーン侵攻に際して、大部分の農民はペシャワール城内に逃げこんだが、山地や近くの村に逃げこんだ人々もいる。トゥラーン軍は、人狩りをおこなって、十人ばかりをとらえ、縛りあげて陣頭に並べた。籠城《ろうじょう》する軍に対して、攻城する軍が、しばしば使う手段である。王都エクバターナを包囲したとき、ルシタニア軍もこの策《て》を使った。味方の見ている前で処刑をおこない、挑発や脅迫をおこなうのだ。アルスラーンがとめる間もなく、男女十人をつぎつぎと斬首《ざんしゅ》してみせると、トクトミシュ王は、城壁上にむけて嘲弄《ちょうろう》まじりの大声を飛ばした。

「パルス軍よ、城外に出てこい。出《い》でて戦え！　出ぬとあれば、近隣の村を焼き、村人どもを皆殺しにするぞ。ただの脅しでないこと、すでにわかったであろう」

「よくわかった」

「ほう、わかったか」

「話してわかる相手ではないことがわかった。待っていろ、おぬしをすぐに先代のトゥラーン国王にしてやるからな」

その気になれば、アルスラーンも、かなり辛辣《しんらつ》な毒舌をふるうことができるのである。そして、このときは、完全にその気になっていた。城壁を駆け下り、乗馬にとび乗って、出撃を命じたのだ。城門が開かれた。ナルサスが思いあたったというのは、すなわちこれであった。目の前で罪なき者が殺されて、だまって見ていられる性格の王太子ではなかった。

「これはもうしかたがない。殿下のお気にすむようにしていただくしかない。だが、ダリューン、退く時機だけは誤ってくれるなよ」

あらゆる戦闘が計算どおり進むものではないことを、ナルサスはわきまえていた。ときとして、計算ではなく感情を満足させねばならない場合もあるのだ。

一方、トゥラーン軍のほうは計算ずくで待ち受けていた。衝突は無秩序に見えたが、トゥラーンの陣は、あっという間に変形し、うごめいて、巧妙にアルスラーンを味方から切り離してしまったのだ。混戦の血なまぐさいもやのなかで、アルスラーンはひとりのトゥラーン騎士に挑戦された。

てみろ」

「嘴《くちばし》の黄色い雛鳥《ひなどり》よ、きさまの名は何という。人語をしゃべれるなら、ひとつさえずっ

最初からアルスラーンを侮辱してかかっている。

「パルスの王太子アルスラーンという者だ。だがべつにおぼえてもらう必要はない」

「なに、王太子だと」

トゥラーン騎士は目をむいた。おどろきが去ると、残忍な喜びの表情が両眼にみなぎった。

「そうか、西方の蛮族とやらに都をうばわれ、帰るに家なきパルスの孤児とは、きさまのことであったか」

アルスラーンは返答せず、剣をかまえなおした。トゥラーン騎士は、たけだけしく嘲笑した。

「家だになき流浪の孤児とは、聞くも哀れ。サマンガーンにつれ帰り、檻《おり》にいれて飼ってやろう。一生、餌には不自由させんぞ。おとなしく馬をおり、そこにはいつくばれ。剣をすて、冑《かぶと》をぬいでだぞ」

「礼節も仁慈《じんじ》も知らぬ敵に降伏する気はない」

鋭い怒りをこめて、アルスラーンは、相手の罵声《ばせい》をはじき返した。入植者たちを処刑し

たことといい、アルスラーンはトゥラーン人に対して本気で腹をたてていた。

「生意気な！」

馬腹を蹴って、トゥラーン騎士は突進してきた。アルスラーンは迎えうった。相手の突進に速度をあわせ、わずかに馬首の角度を変えて、敵のすぐ横を風のように駆けぬけた。駆けぬけつつ、剣を左下から右上へ、激しくはねあげた。

意図はすぐれていたが、アルスラーンは複数の敵にねらわれていたのだ。剣尖が相手の胴を斬りさく寸前、別方向から突き出された刀身が、アルスラーンのそれにからまった。厚く重いトゥラーンの刀身が、パルスの細刃をへし折った。鋭い金属音がひびき、あっという間にアルスラーンは武器を失って、両手を空にしてしまった。トゥラーンの二本の剣が同時に王太子の頭上に落ちようとする。だが、絶鳴はトゥラーン語で発せられた。最初のトゥラーン騎士が、仲間を一刀であの世に送りこんだパルス騎士の姿を見て、愕然《がくぜん》とした。

「きさま、何奴か!?」

その問いに答えたのは、当人ではなく、パルスの王太子であった。晴れわたった夜空の色の瞳が、喜色にきらめいた。

「ギーヴ！　ギーヴではないか。よくもどってきてくれた」

「恐縮です、殿下、そろそろ帰参の時機かと思い、かくは出しゃばってまいりました」

流浪の楽士は、血刀を手にしたまま、馬上でうやうやしく一礼した。そのありさまを見て、トゥラーン騎士はうなり声をあげた。

「なるほど、きさまの名はギーヴというのだな」

「ただのギーヴではないぞ。上にちゃんと、『正義と平和の使徒』とつくのだ」

「たわごとを！」

「気に入らんか。それなら、『美女には愛を、醜男《ぶおとこ》には死を』としておいてもよいが、これなら異存あるまい？」

舌戦は一方的に中断された。トゥラーン騎士は、両眼と刃《やいば》に殺気をかがやかせて、口数の多い闖入者《ちんにゅうしゃ》に斬ってかかった。強烈な刀勢であったが、ギーヴの敵ではなかった。未来の宮廷楽士が、たくみに手首をひるがえすと、トゥラーン騎士の斬撃はギーヴの剣の上を流れ、逆に、がらあきになった右腕の下に致命傷をこうむってしまった。鋭く短い叫び声を発して、トゥラーン騎士は永遠に落馬した。

王太子アルスラーンを護衛して、ギーヴがペシャワール城にはいってくると、いささか複雑な色あいの歓声が彼を迎えた。ギーヴに対する多くの者の感情はべつとして、彼が王太子を救ったことは事実であった。

戦場でアルスラーンと切り離されたダリューンも、兵をまとめて、やれやれという表情で城にもどってきた。「野戦のトゥラーン軍は、やはりあなどれぬ。あやうく、無為どころか有害な戦いをするところだった」とナルサスに告げた後、やや声を低めた。

「ギーヴのおかげで大過なくすんだが、ギーヴの奴、もっとも効果的な出番を計っていたにちがいないな」

ダリューンの感想に、ナルサスもまったく同感であった。アルスラーンの危機に駆けつけ、その生命を救うとは、ギーヴらしい再登場ぶりである。またいずれ再退場ということもあるだろうが、この気ままな男は、ひとまず王太子のそばで翼を休めるつもりらしい。

ギーヴは、軍師ナルサスに、魔の山デマヴァントで経験したことを語るつもりであった。だが、美しい女神官《カーヒーナ》が広間にたたずむ姿を発見して、あっさり私情を優先させた。ファランギースにむかって歩きかけたとき、女神官のそばにひとりの男がたたずんでいるのに気づいた。

当然のこと、銀灰色の甲冑を着こんでおり、なれなれしく彼女に話しかけているようすである。そのありさまをギーヴは見とがめた。たまたま、そばに千騎長のバルハイがいたので、声を低くして問いかけた。バルハイは珍しくギーヴに敵意を持たぬ男である。

「あの男は誰だ、ファランギースどののそばにずうずうしくくっついている片目の大男は」

「クバード卿でござるよ。かつて万騎長《マルズバーン》としてダリューン卿やキシュワード卿と並び称された御仁でござる」

答えるバルハイが、どことなく人の悪い笑いかたをしたのは、恋のさやあてを予測したからであろう。ギーヴはといえば、男の笑顔など無視する性質《たち》だから、クバードという名を知ると、いったんとめた足を、ふたたびファランギースのほうに向けた。ことさらにクバードを無視し、蜜のように甘い笑みをつくって、一別以来のあいさつをする。

「ファランギースどの、いかにおれの不在があなたの心を空虚にしたとはいえ、いたずらにふざけた男をおそばに近づけては、あなたの尊厳にかかわりますぞ」

「おぬしが不在だからといって、何でわたしの心が空虚になるのじゃ」

つめたい返答に、流浪の楽士は、なげかわしいといいたげな身ぶりをしてみせた。

「ファランギースどのは完璧に近い女性だが、たったひとつ欠点がある。おのれの心に素直でないことだ。だが、その欠点にすら魅力があるのだから、まことに罪なお女《ひと》だな」

「罪なのは、おぬしの口だろう。あまりの巧言令色《こうげんれいしょく》、女神官《カーヒーナ》どののほうこそ歯が浮いておるぞ」

そういってのけたのはクバードで、つぎの瞬間、ファランギースの頭ごしに、みっつの目が敵愾心《てきがいしん》の虹をかけた。

その光景を、ナルサスと同じ卓から見ていたアルフリードが、若い軍師にささやきかけた。

「ねえ、ナルサス、あの三人、妙な雰囲気だね」

「花が一本、蜜蜂が二匹。珍しい光景でもないさ。花も蜜蜂も、この場合、平凡にほど遠いがな」

「ふうん、その点、ナルサスは面倒がなくていいよねえ。あたしひとりだもの」

言い終えないうちに、はでな音をたてて、エラムが卓上にスープの深皿を置いた。スープの飛沫《しぶき》を顔に受けてアルフリードが憤然と叫ぶ。

「ちょっと、何するのよ！」

「ナルサスさまのおじゃまをするんじゃない、この瘋癲《ふうてん》娘！」

「誰が瘋癲だって⁉　半人前のくせに口だけは三人前なんだから。口より腕にみがきをかけたらどうなのさ」

「お前に言われる筋合はないや、お前こそ……」

「また年上の相手をお前よばわりして！　何とかいってよ、ナルサス」

若い軍師は、傍観しているわけにいかなくなった。

「うむ、まあその何だな、パルス人どうし、仲よくしてもらいたいものだ。平和は友愛より生まれるというしな」

ナルサスらしくもない非独創的なお説教は、たちまち少女と少年の反撃を受けてしまった。

「平和は年長者に対するまっとうな礼儀から生まれる、と、あたしは思うわ、ナルサス」

「ナルサスさま、平和というものは、押しつけられるものではないと思います。だいいち心の静けさのない平和なんて……」

「何さ！」

「何だよ！」

ふたりがにらみあい、視線の火花の下で若い軍師がため息をついたとき、広間の扉があけ放たれて、黒衣の騎士が長身をあらわした。王太子に一礼し、まっすぐナルサスのもとへ歩みよる。

「おい、天才画家、どうやらトゥラーン軍はわれわれより勤勉らしいぞ。夜だというのに軍をこぞって城門に押し寄せてきた」

「そうか、そいつは一大事、このような場所でのんびりしてはいられぬな」

いやにはりきってナルサスは食卓から立ちあがった。ダリューンと肩を並べさっさと部屋を出ていく軍師を見て、エラムとアルフリードは顔を見あわせ、不本意ながら休戦して彼の後を追いかけた。

Ⅲ

トゥラーン軍としては、先刻の戦闘でアルスラーンを捕殺しそこねたのは、大いなる悔いであった。だが同時に、野戦なら負けぬという自信もあらたにした。この上は間断ない波状攻撃をつらねて、パルス軍を疲れさせようというたくらみであった。

出撃したダリューンは、矢を避けて馬上に身を伏せ、ここぞと測った瞬間に、長槍《ちょうそう》をななめ上へと突きあげた。銀色の穂先は、突進してくる敵兵のあごの真下をつらぬいた。短い絶鳴と長い流血の尾をひいて、敵兵は、疾走する馬の背から転落する。

それが最初であった。すばやく槍身をたぐりこむと、ダリューンは、横あいから撃ちこまれてきた剣をはねあげ、間髪《かんはつ》いれず刺突《しとつ》をくり出す。騎手を失ったトゥラーンの馬が、狂ったように走り去る。ダリューンの駆けるところ、トゥラーン兵の絶鳴が夜気を引き裂き、彼らの甲冑や馬具は、ことごとく彼ら自身の血にまみれた。

「トゥラーンの有力な将軍をとらえてくれ、と、ナルサスはいったが、どうも雑兵《ぞうひょう》ばかりだな」

ただの兵士たちを相手に驍勇《ぎょうゆう》をふるっても必要以上の殺戮《さつりく》をおこなっているようで、ダリューンは心はずまない。先日の親王《ジノン》イルテリシュに匹敵する雄敵を求めたが、この夜、黒衣の騎士は、そのような相手にはめぐまれなかった。ダリューンはやがて城門の前にとって返し、血ぞめの長槍を鞍上《あんじょう》に横たえて、帰城する味方の道を確保する役を自らに課した。


トゥラーン軍のおもだった将軍たちのなかで、ジムサは、親王《ジノン》イルテリシュとならんでもっとも若い。やや小柄で童顔なので、二十歳に達してないのではないか、と見られることすらある。だが、トゥラーン軍でもっとも勇敢で機敏な武将のひとりであり、たいそう危険な武器の名人でもあった。

吹矢である。毒をぬった吹矢で、ジムサは、空を飛ぶ鳥すらうち落とすといわれていた。剣や槍も、むろん使える。乗馬を両脚だけであやつり、右手に剣を、左手に吹矢の筒を持って、ジムサが敵中を突破すると、あとには二種類の死体が残されるといわれていた。

この夜、パルス軍はその噂《うわさ》を自分たちの生命とひきかえに実証することになった。ジムサにむかって突きかかるパルス兵が、つづけざまに空を蹴って落馬していく。

「奇怪な技を使う奴！」

左右から同時にふたりのパルス騎士がジムサに斬りかかった。だが、これまた同時に馬上でのけぞり、血と悲鳴を噴きあげて転落する。ひとりは吹矢で片目をつらぬかれ、いまひとりは剣で咽喉を斬り裂かれていた。パルス軍の間からおどろきの叫びがあがる。

なみの騎士では相手にならぬと知って、パルス軍のザラーヴァントが突進してきた。三、四合、たてつづけに刃をまじえると、ジムサは馬首をめぐらして逃げ出した。ザラーヴァントが猛然と追いかけ、強烈な斬撃をあびせると、ジムサは馬上に身を伏せて刃に空を斬らせ、振りむきざま吹矢を飛ばした。ザラーヴァントの右目をねらったのだが、ザラーヴァントはとっさに右腕で吹矢を受けた。瞬間、激痛が右腕をしびれさせ、彼は剣をとりおとした。

意外な武器で負傷させられたザラーヴァントは、かろうじて城門まで帰りついたものの、そこで力つきて落馬してしまった。吹矢の毒が体内にまわって高熱を発したのである。ダリューンが追撃の兵を長槍でなぎ払わなかったら、ザラーヴァントはトゥラーン兵に斬りきざまれたことであろう。

ザラーヴァント重傷の報がパルス全軍に伝わると、パルス軍は一方で戦慄《せんりつ》し、一方で敵意に燃えあがった。

ジムサのほうは、パルスの有力な将軍を傷つけたとあって、勝ち誇った。自分自身の武勲のため、またこれまで旗色が悪かったトゥラーン軍の名誉を回復するため、わずかな休息をとった後、ふたたび兵をひきいてペシャワールの城壁に攻めかかってきた。すでに城外に出ていたパルス軍と衝突し、激しくもみあう。

戦場を疾駆するうちに、ジムサは、ひとりのパルスの武将と往きあった。左目が一文字につぶれた精悍《せいかん》そうな大男で、ジムサの姿を見ると、無言のまま連銭葦毛《れんせんあしげ》の悍馬《かんば》をあおって突進してきた。その大剣は、すでに鍔元《つばもと》まで人血に塗られている。雄敵とみてとったジムサは、まず形どおり剣をもって迎えうった。ほんの二、三合撃ちあうと、馬首をめぐらして逃げだそうとする。

その瞬間に、すばやく伸びたクバードの左手が、ジムサの甲《よろい》の革帯をつかんでいた。おどろくべき早業であり、おどろくべき膂力《りょりょく》であった。「何をする」と叫びかけたとき、革帯をつかまれたジムサの身体は、思いきり宙に放り出されていた。

弧をえがいて、ジムサの身体は地上へ舞い落ちていった。草の上でひとはねし、さらに二、三度ころがって、ようやくジムサは起きあがる。そのとき馬を駆って馳せ寄ったイスファーンが、剣を振りおろした。火花が散り、冑の上から強打をくらったジムサは、つんのめって顔から地面に落ちた。

乗馬から、体重のない者のように飛びおりたイスファーンが、とどめの一刀を突きおろそうとしたとき、クバードがそれを制した。

ジムサはペシャワールに入城した。勝者としてではなく、捕虜としてである。革紐《かわひも》でしばりあげられた彼は、戦闘が一段落すると、広間に引きずり出され、降伏するよう、アルスラーンからすすめられた。

だが、ジムサは降伏を承知しなかった。恐怖するようすも見せず、昂然《こうぜん》と胸をそらしてうそぶいた。

「トゥラーン人はトゥラーン国王以外の者に、けっしてひざを屈することはないのだ。まして自分よりまさる勇者でもあればまだしも、未熟な孺子《こぞう》などに降伏してたまるか」

この放言は、トゥラーン語でおこなわれ、ナルサスが苦笑まじりに通訳した。

未熟な孺子とののしられたアルスラーンは、まばたきの後、ナルサスをみならうように苦笑した。じっさい自分は孺子だと自覚しているから、腹はたたない。

「そこに立っているパルスの孺子も、遠からずトゥラーン軍の手にとらえられ、われらが国王の御前《ごぜん》に引きずり出されるであろう。そうなったとき、きさまらは、旧敵の怨《うら》みを忘れてトゥラーン国王につかえるよう忠告でもするつもりか」

「おのれ、言わせておけば雑言《ぞうごん》のかぎりを！」

「狼に育てられた者《ファルハーディン》」という異名を持つイスファーンが、長剣の鞘《さや》を払った。群将の列から駆け出し、無礼きわまる捕虜の口を、永遠に封じてしまおうと、剣を振りかざす。それを制したのは、ナルサスの声であった。

「殿下の御意だ、殺すな」

「ですが軍師どの、こやつもこれほど恐れげなく雑言を吐くからには、降伏する気などござるまい。生かしておけば後日の災い。斬りすててりっぱな墓に葬ってやるのが、こやつ自身のためでもござろう」

「あわてるな、殺すのはいつでもできる。殿下、よろしゅうございますか」

ナルサスがアルスラーンを見やると、軍師を信頼する王太子は、微笑してうなずいた。これにはイスファーンも剣をひかざるをえなかった。さいわいにして、重傷のザラーヴァントも、瀉血《しゃけつ》と投薬の結果、一命をとりとめた、ということもあった。

こうして、トゥラーンの勇将ジムサは、ペシャワール城の地下牢に放りこまれた。いちおう革紐で縛られてはいたが、このていどなら解ける、とジムサは思い、脱走の決心をかためた。

じつはジムサが脱走してくれねばこまる人物がいる。パルスの軍師ナルサスである。

「まず、細工のほどをご覧いただこうか」

危機感のない、のんびりした口調で、若い軍師はそれだけいった。ダリューンもキシュワードも、軍師に対する信頼を、にやりという笑いであらわした。これまでパルス軍はトゥラーン軍の攻勢を受けとめる形で、事態を推移させてきたが、そろそろこちらからしかける時機になったわけである。そしてジムサは、どうしてもそれに必要な人間であった。


ペシャワール城は陥《お》ちず、ジムサはとらえられ、さすが強気のトクトミシュ王も、いささか気分が重くなっていた。ペシャワール城への攻勢もゆるみ、つぎの出方をさだめかねている。ところが一昼夜たったとき、捕虜となったジムサが泥まみれの姿で陣に帰ってきたのである。

「地下牢に放りこまれ、近日のうちに殺されるところでござったが、隙を見て馬を奪い、脱走してまいりました」

引見するトクトミシュ王に、ジムサはそう報告した。彼はパルス軍の機密をつかんできたのである。パルス人たちは、ジムサをパルス語を解さぬ蛮族とあなどり、降伏をすすめたのもトゥラーン語によってであった。ジムサもトゥラーン語しか使わなかったので、安心しきったパルス人たちは、パルス語で軍の機密を話しあったのである。じつはジムサは、パルス語をしゃべることも、聞いて理解することもできたのだ。

「まずご報告申しあげます。ペシャワール城内のパルス軍は、来《きた》る新月の夜を期して、城外にいる十万の味方と合流しようとしております」

「なに、パルス軍には、まだそれだけのあらたな兵力がおったのか」

「さようでございます。これまで王太子に加担することをためらっていた南部地方の諸侯、土豪どもが、ついに意を決し、王太子のもとへ馳せ参じようとしているのでござる」

トクトミシュ王はうなった。

「その土豪どもは、なぜこれまで王太子に加担するのをためらっておったのだ？」

「王太子の今後の政事《まつりごと》に不安と不満をいだいていたからでございます」

ジムサは説明する。王太子アルスラーンは、三百年にわたってつづいてきたパルスの社会制度を大きく変えようとしている。奴隷《ゴラーム》制度廃止令を出し、人身売買を禁止し、国民《くにたみ》のすべてを自由民《アーザート》にしようとしているのだ。それは現に奴隷を所有している諸侯たちにとって、大きな不利になる。そのため、諸侯たちは、王太子に加担して国土を回復しても、いずれ奴隷を解放させられるのでは、結局は大損である。それで王太子に味方するのをためらっていたのだが、どうやら国王《シャーオ》アンドラゴラス三世も助かる望みがない。また王太子も、自分に味方した諸侯には奴隷の所有をみとめると伝えた。そこで諸侯もついに決心し、ありったけの兵力をかき集めて、王太子のもとへ集結しようとしているのだ……。

「その数は十万、すでにしてペシャワールの南西二十ファルサング（約百キロ）の距離に来ているとパルス人どもは得々としてしゃべっております。一刻も早くご対策をおたてになりますよう」

あらためて平伏するジムサに、トクトミシュ王は質《ただ》した。

「よくわかった。ところで、王太子アルスラーンはまだ十四、五歳というが、その年齢で一国の諸侯、土豪をほとんど統《す》べるとは、大きい器の持主とみてよいか」

「いや、おことばながら、それは買いかぶりでございましょう。アルスラーンなる少年、見るからに惰弱《だじやく》無能で、側近どもに意のままにあやつられているようす。とうてい一国を統治する器《うつわ》とも思えませぬ」

「ふむ、すると、アンドラゴラス王なきあと、パルスは国としての存在もあやうくなるかもしれぬな」

「御意にございます」

ジムサとしては、アルスラーンの真価を知るだけの機会を与えられなかった。表面だけ見れば、たしかにアルスラーンは目だつ存在ではなく、飾りものとしか見えぬであろう。

ともかく、ジムサの報告は、トゥラーン国王トクトミシュを喜ばせた。

「でかしたぞ、ジムサ、おぬしが生命がけで知らせてくれねば、わが軍は、ペシャワールの城内と城外から挟撃され、苦境におちいるところであった。ようやってくれた」

そうほめたたえて、トクトミシュは報賞を与えた。トゥラーンらしく即物的な、そして実質的なほうびであった。従者に牛の革を張った大きな箱を運ばせ、それに満たされていた金貨を、ジムサにつかみどりさせたのである。

トゥラーンは自分たちの国で貨幣を鋳造《ちゅうぞう》することはない。箱いっぱいの金貨も、パルス、絹の国《セリカ》、マルヤムなどの国々から掠奪したり交易の代金として受けとったりしたものである。数か国の金貨をジムサに与えた上、トクトミシュ王はさらに気前よく告げた。

「戦いに勝った後、わが軍はトゥラーン本土にもどるが、ペシャワール城は占拠したままにしておくつもりだ。大陸公路の要所であり、パルスとシンドゥラの両国をにらみ、わが国の最南端を鎮護する。その城守は、ジムサよ、おぬしにゆだねてもよいぞ。ますます忠勤をはげんでくれよ」

ジムサは感激し、諸侯は彼の果報をうらやんだ。ペシャワールの城守ともなれば、大陸公路を往来する隊商から通行税をとりあげ、その一部を自分のふところにいれる役得が公認される。ジムサはたいへんな富貴を与えられることになるのだ。むろんのこと、まずペシャワール城を陥さなければ、どれほどありがたい恩寵も空中楼閣でしかないが。

大いそぎで軍議がひらかれた。トゥラーン全軍を二手に分け、諸侯軍を前後から挟撃して潰滅させる。ついで、闇に乗じて諸侯軍をよそおい、ペシャワールの城門を開かせ、なだれこんで一挙に全城を葬り去る。その策が採用された。

「もし戦機に遅れるようなことがあれば、陛下のお怒りを買うぞ。いそげ。パルス軍を撃ち滅ぼす栄誉は、われらのものだ」

親王《ジノン》イルテリシュ、猛将タルハーンら、先遣部隊の将軍たちは、とくにはりきって軍を動かしはじめた。

「ジムサひとりに栄誉と富貴を独占させてなるものか。ペシャワール城守の地位は、おれがもらうぞ」

大げさにいえば、トゥラーン全軍が功名欲に目の色を変えた。パルスの里程で一ファルサングほど動くと、騎馬隊の馬蹄の跡や、まあたらしい宿営の跡らしきものが発見され、どうやらパルスの大部隊が移動していることは確実だった。

トゥラーン軍は、パルスの軍師ナルサスの掌の上で踊りつづけることになった。もっともらしく宿営の跡などをでっちあげたのは、トゥースのひきいる一隊だった。彼はあらかじめナルサスの指示を受け、ペシャワールに再入城せず、せっせとこの夜のために、トゥラーン軍をおとしいれる罠をつくりつづけていたのである。

こうして、新月の夜、東と西から架空のパルス軍めがけて殺到したトゥラーン軍は、闇のなかで正面から激突した。

敵愾心《てきがいしん》にもえる剛勇の軍隊どうしが、予期した戦場でぶつかりあったのである。トゥラーン人が夜目がきくといっても限度があるし、相手は憎むべきパルス軍と信じこんでいる。かくして、大陸公路諸国の歴史上、もっとも凄惨《せいさん》な同士討《どうしうち》が展開されたのであった。

Ⅳ

剣と剣が撃ちかわされ、人と人、馬と馬が激しくぶつかりあった。たがいに敵だと思っている。功名欲と敵愾心がトゥラーン人を煮えたぎらせていた。そしてひとたび血が流れれば、それは魔酒のように人間を酔わせる。酔いにまかせて、トゥラーン人は熱狂的に殺しあった。剣で斬り、槍で突き刺し、戦斧《せんぷ》でたたき割り、馬の蹄に踏みにじって戦いつづける。

「はてな、どうもおかしい」

親王《ジノン》イルテリシュが首をかしげた。彼の剣も甲冑も、おびただしい人血に染まっている。

勇をふるって、イルテリシュは幾人もの敵を斬りすてたのだが、斬りかかってくる敵が、トゥラーン語をしゃべっているようなのである。戦いつつ疑惑が深くなっていき、ついにイルテリシュは剣をひいてどなった。

「いぶかしいぞ、者ども、静まれ」

ほとんど同時である。

「やめろ、戦うのをやめろ！　同士討だ。パルス人の奸計《かんけい》にかかったのだ」

「剣をひけ、静まれ、相手は味方だぞ」

闇と血に塗りかためられた戦場のあちこちで、部下を制する声がおこった。その声が、狂ったように武器をふるう兵士たちを、しだいに流血の酔いから醒めさせていった。刀槍《とうそう》のひびきが静まっていき、たがいに名乗りあって、味方どうしの所在を確認する。呆然自失が去ると、憤激がとってかわった。

「おのれ、パルス人め、悪辣《あくらつ》な！」

身慄《みぶる》いして怒《いか》っても、これは計略にかかった自分たち自身を嘲笑《ちょうしょう》するようなものである。ナルサスの策に踊らされたトゥラーン軍は、一夜にして五千の死者と一万二千の負傷者を出した。しかも、むろんのこと、パルス軍には一兵の損失もない。

「いったい誰がこのような策を考えだしたのだ。パルス軍には、とんでもない狐がおるぞ！」

「おそらくナルサスとか申す人物でござろう」

国王の怒号《どごう》に、カルルックが答えた。トゥラーン王国の武将たちのなかで、もっとも他国の事情に通じた男である。頬から血を流しているのは、混戦のなかで同僚の将軍ディザブロスの剣に傷つけられたのであった。ディザブロスのほうも、カルルックの槍で左腕に負傷している。ふたりとも、やり場のない怒りで目を血走らせていた。カルルックは、ナルサスという策士が油断ならぬ人物であることを王に告げた。四年前、パルスの東方国境からなだれこんだ三か国連合軍を分裂させ、追いはらったのもナルサスである、と。

二日ほど早く、そのことに気づいていれば、今夜の惨状もなかったのだが、カルルックにして功名にはやり、罠の危険に気づきそこねたのである。

「よし、そのナルサスとやらいう策士めは、いずれアルスラーンめとともに、生きながら焼き殺してくれよう。だが、その前に成敗すべき奸物《かんぶつ》がおる」

歯ぎしりをおさめると、トクトミシュは身をふるわせて怒号した。

「ジムサを呼べ！　あのそらぞらしい裏切者めを。奴の甘言《かんげん》に乗って、みすみす部下どもを死なせた予の愚かさがくやまれるわ。ジムサめ、ナルサスとやらに籠絡《ろうらく》されて、国と王を裏切りおったに相違ない！」

ナルサスは知っていることだった。ジムサが無実だということを。ジムサはナルサスの策略にかかって、奏《かな》でられる曲のままに踊ったにすぎない。だが、むろんナルサスはジムサを弁護するためにトゥラーン軍の陣営にのこのこやって来たりはしなかった。ジムサの無実を信じる者は、ジムサ自身だけである。

本陣に呼びつけられたジムサは、すでに自分が「はめられた」ことをさとっていたが、それを述べたところで、怒り狂う国王や諸将をなだめることはできなかった。とにかく、彼がもたらした偽りの情報によって、トゥラーン軍が大きな損害をこうむったことは事実なのである。国王や諸将にしてみれば、目の前にいるジムサ以外、怒りをぶつけるべき相手がいないのだ。

もはや弁解の余地がないことを、ジムサはさとった。このままでは、パルスと通じた裏切者として、処断されてしまう。死ぬのは恐れないが、汚名を着せられたまま誅戮《ちゆうりく》されるのには耐えられなかった。

いきなりジムサは身をひるがえした。この場はとにかく逃れ、後日、身の潔白を証明するしかないと思ったのだ。

「正体をあらわしおったわ、痴《し》れ者が！」

刃風《はかぜ》が襲いかかってきた。親王《ジノン》イルテリシュのすさまじい斬撃であった。かろうじてそれをかわし、第二撃をはじき返すと、ジムサは馬に飛び乗った。トゥラーン軍でも屈指の名騎手である。たちまち夜の強風のように、国王の本陣から遠ざかっていく。

「逃すな！　射落とせ！」

カルルックが弓箭兵《きゅうせんへい》に命じ、それに応じて数百の弓弦《ゆづる》が鳴りひびいた。矢は奔流となって夜の厚い画布を引き裂いたが、逃亡者を倒すことができたかどうかわからなかった。

不意に、ぎょっとして、トゥラーン人たちは顔を見あわせた。

夜の底から、何かが湧きおこり、トゥラーンの陣営めがけて、ひたひたと寄せてくるのを感じとったのだ。晴れた空に雷雲がむらがりおこるような不気味さであった。歴戦の諸将は、皮膚がざわざわと鳥肌だつのをおぼえた。まちがいようのない感覚であった。

「……パルス軍だあ！」

あがった声は、悲鳴そのものだった。四方の闇が一瞬にして、すべて敵となった。

「突撃《ヤシャスイーン》！」のパルス語とともに、音をたてて矢の雨が降りそそいでくる。

「悪辣な！」

ふたたびトクトミシュはうなった。負け惜しみの一言にはちがいないが、深刻きわまる負け惜しみであった。

パルス軍の、つまりナルサスの作戦は、辛辣《しんらつ》をきわめた。まずトゥラーン軍を同士討に追いこんで、たがいに殺しあわせる。それと気づいて、トゥラーン軍は呆然とする。強烈な敵愾心がしぼみ、気力が欠けて、その夜のうちに、もう一度、死を決して戦おうという意志は失《う》せてしまう。緊張の糸が切れた、まさにその一瞬をねらって、無傷のパルス軍が殺到してきたのだ。

「ナルサスとやらいう奴は悪魔か」

トクトミシュ王のうめきを、若々しい怒声が圧倒した。親王《ジノン》イルテリシュが、抜き持ったままの剣で夜気を斬り裂いてみせたのだ。

「たとえ人だろうと悪魔だろうと、罠に落ちて手をこまねいていては、殺されるだけのこと。罠を喰い破るしか生きる途はないのだ。諸将、剣をとって死戦せよ！」

その強烈な叱咤《しった》で、呆然としていたトゥラーンの将軍たちは、はっとして気をとりなおした。国王の面前で、親王《ジノン》イルテリシュは、越権行為をやってのけたのだが、誰もそれをとがめようとはしなかった。

たちまち、いつわりの戦場は真の戦場となった。パルス語とトゥラーン語が乱れとび、血の匂いが濃霧《のうむ》となってたちこめる。重囲を突破すべく、部隊の先頭に立って、将軍ボイラは剣をふるったが、パルスの「双刀将軍《ターヒール》」キシュワードと正面からぶつかることになった。

「おう、きさまとは先日、刃をまじえて勝負がつかなかった。今夜こそ、そのしゃらくさい双刀をたたき折ってくれるぞ」

怒号をあげて、ボイラは斬ってかかった。撃ちこみ、はね返し、刃をかみあわせること十数合。ついに勝負はついた。ボイラの望まぬ形で。

トゥラーン軍屈指の勇者も、キシュワードの剣技にはおよばなかったのだ。双刀の一閃《いっせん》を左頸部《さけいぶ》に受け、ボイラは鮮血を噴きあげて鞍上から舞い落ちていった。

主将を失って、ボイラの部隊は乱れたった。キシュワードは兵をさしまねき、自ら先陣を切って突入した。

敵陣にあっても、キシュワードの突進する速度は、いささかも落ちぬ。両手の剣が、地上の半月のようにひらめき、左右にトゥラーン兵を斬り倒す。落馬する死者の手ににぎられた剣の光は、流星の光がこぼれ落ちていくかに見えた。

血の臭気はすさまじいが、夜の闇が幕となって、地上の地獄をおおいかくした。トゥラーン軍は斬りたてられ、突きくずされ、いつもの勇気も士気も投げすてて、夜の野を逃げまどうのだった。

「このままですむか。せめて王太子アルスラーンめの首ぐらい奪《と》ってやらねば、煮えたぎった肚《はら》を冷ますことはできぬわ」

親王《ジノン》イルテリシュは両眼に殺気をたたえた。これほどやられっぱなしで終わる戦いは、彼の戦歴ではじめてのことであった。彼は、退路をひらくというより、もっと積極的に、圧倒的な敵とわたりあったのだ。

「アルスラーン！　出会え、どこにいる⁉」

怒号し、斬りおろし、突き刺し、はねあげる。パルスの強兵も、若い親王《ジノン》の猛進をはばむことはできなかった。血と悲鳴の渦を駆けぬけ、イルテリシュはアルスラーンの姿をさがし求める。だが、戦いのただなかで出会ったディザブロス将軍に、逃げて再起をはかるよう忠告され、歯ぎしりしつつ戦場を離脱していった。

トゥラーン兵のうちには、刀槍でなく弓矢で死傷した者も多かった。いまひとつ雄敵にめぐりあえずにいたクバードは、水色の布を頭に巻いた少女が、夜の暗さをものともせず、遠矢でつぎつぎとトゥラーン兵を馬上から射落とすのを見た。その少女、つまりアルフリードは、馬をうたせて近づく大男を見て小さく笑った。ファランギースをめぐってギーヴと角つきあわせていた男だと気づいたのだ。

「なかなかよく弓を使うな」

率直な賛辞に、すなおな自慢が返ってきた。

「あたりまえさ。あたしはゾット族の女だよ。料理より弓が得意なくらいさ。自慢にはならないけど」

「ゾット族？」

クバードは小首をかしげ、さっさと馬首をめぐらそうとする少女を呼びとめた。

「おい、ちょっと待て。おぬし、ゾット族の者だというなら、旧《さき》の族長の息子でメルレインという若いやつを知っているのではないか」

アルフリードは乗馬の歩みをとめた。星の光が、とまどいとおどろきの表情を、充分には照らしだせずにいる。

「何で兄貴の名前を知ってるんだい。どこかで会ったのかい」

「ほう、兄妹か。そういえば面影が似ている」

これは、かなりいいかげんな感想であった。それはともかく、多くを語る余裕はなかった。まだ戦いはたけなわである。馬の頸《くび》をひとつ、クバードは左手でかるくたたいた。

「メルレインは愛《いと》しい妹を探していたぞ。族長の座を、おぬしのために空けてあるそうだ」

「族長!?　いやだよ、あたし、族長なんかになりたくないね」

アルフリードがなりたいものは、べつのものだった。だがそれを少女は口に出さなかった。片目の男と少女は、何となく馬を並べて、夜の戦場を走りぬけていった。

さて、トゥラーン国王トクトミシュは、パルス軍の鉄環《てっかん》のごとき包囲を突破できず、四方から突き出される刀槍の林の中にいた。衛兵の数も十数名まで撃ちへらされてしまった。そこへ包囲の一角を突きくずして、タルハーンが駆けつけた。

「国王陛下、お逃げくだされ。ここはこのタルハーンがふせぎますれば」

そうどなった猛将の全身は、赤い雨をあびたようだ。大剣の刃もこぼれ、鍔元まで赤黒く血がかたまっている。国王《カガーン》は、あえぐように「すまぬ」とだけ口にした。血まみれの顔で笑うと、タルハーンは、もはや武器として役だたぬ自分の大剣をすてた。手を伸ばし、国王の鞘から剣を抜きとる。

「剣だけはお借りしますぞ」

その剣の平で、国王の乗馬の臀《しり》をたたきつける。躍りあがった馬が走り出すのを一瞬だけ見送ると、敵に向きなおった。

「わが名はタルハーン。トゥラーン王国随一の豪の者と自負したるなり。技倆《うで》に覚えある者は、討ちとって功名をたてよ」

咆えるように名乗ると、タルハーンは馬腹を蹴って、むらがる敵中に突っこんだ。ばっと異様な音を発して、パルス兵が馬上から吹き飛ぶ。人血をまじえた風が草をたたく。死を決したタルハーンの猛勇はすさまじかった。さしも勇敢なパルス兵もたじろぎ、一閃ごとに死をまきちらすトゥラーン人の大剣から逃れようとする。

突如タルハーンの眼前に、夜より黒い一個の騎影が躍りたった。夜風にひるがえるマントが、タルハーンにおとらぬ血の匂いを吹きつけてくる。

「トゥラーン王国のタルハーン卿か」

「そうだ、おぬしは」

「パルスのダリューンが推参つかまつる。お相手ねがおう」

タルハーンは目をみはった。

「おう、四年前に、親王《ジノン》イルテリシュの父上を斃《たお》した黒衣の騎士か」

「おぼえていただいたとは光栄」

「こちらこそ光栄だ。まいるぞ！」

パルス語での応酬が終わるや、両雄は同時に馬をあおり、剣をひらめかせた。これほど傑出したふたりの戦士が堂々とわたりあうのに、最善の舞台とはいえなかった。暗すぎたし、周囲にいるのは見物人ではなく、彼ら以上に必死な戦闘者と逃亡者の群であった。

火花と刃鳴りが連続する。タルハーンの冑が宙にはね飛んだ。ダリューンの胸甲に亀裂が走った。暗さゆえに、敵手の斬撃を完全にかわすことは困難であった。何十合を渡りあった後であろうか、乗馬が躍ってぶつかりあい、鞍が衝突した。タルハーンが至近距離から突きこんだ剣が、ダリューンの左肩をかすめる。両者の身体が勢いよくぶつかり、均衡を失った彼らは、暗い馬上から暗い地上へと転落した。落ちてなお、闘いはつづいた。たがいの右手首を左手でつかみ、草や小石の上を二転三転する。激しい息づかいが、自分のものであるか他人のものであるか判断しがたい。だが、渾身の力をこめてダリューンは右手を振りはらい、剣を相手の頸部に突きとおした。低いうめき声とともに、温かい血がダリューンの顔にかかり、タルハーンの巨体から力が失われた。

トゥラーン最大の猛将も、ついに斃れた。

呼吸のしずまらぬまま、ダリューンはようやく立ちあがり、染血の剣を垂直にかかげて、失われた雄敵に敬意を表した。その周囲で、激しい攻防のひびきが静まりつつあった。イルテリシュやタルハーンなど、わずかな例外を除いて、トゥラーン軍は一方的に撃砕《げきさい》され、血と夜のなかを潰走《かいそう》していた。

タルハーンが堂々たる武人の生涯を終えたのとほぼ同時刻、王太子アルスラーンや軍師ナルサスとともに陣にいたエラムが、草の上に横たわる負傷者を発見した。

それはトゥラーンの将軍ジムサであった。背中に二本の矢が突き刺さっている。彼にとって味方にあたるトゥラーンの矢であった。

V

ペシャワール城は大勝利の歓喜に湧きたった。トゥラーン軍の攻囲は解けた。しかも、一方的に彼らをたたきのめし、タルハーンをはじめとして名だたる敵将を幾人もあの世へ追放した。ふたたび王都エクバターナを奪還する戦いにのぞむことができるのだ。それにしても、武勲簿の第一にあげられるべき人物は誰であろうか。

「今夜の功績は、まずトゥースだ」

アルスラーンは明言した。トゥースは、アルスラーンのペシャワール再入城以来、ペシャワールの城内にもはいらず、トゥラーン軍を陥しこむための罠を張りめぐらせていたのだ。大軍が行進した形跡をつくり、野営の跡をでっちあげ、噂を流し、あたかも十万の大軍が近づいているように見せかけたのだ。むろん正体を敵につかませてはいけない。トゥースと、二千人の部下の苦労は、なみたいていのものではなかった。むろん、トゥースは、名だたる敵将の首をあげるような武勲をたてる機会を与えられなかった。その機会を与えられなかったことが、トゥースの名誉であった。王太子から賞されるトゥースの姿を、広間につづく回廊からながめながら、トゥース本人よりうれしそうに、ダリューンがナルサスに語りかけた。

「殿下のなされようは、まことにおみごとだ。トゥースのように地味に働いた者を高く賞してこそ、兵士にもはげみが出る。王者の器量というものだな」

「ダリューン、おぬしは殿下のこととなると、何でも感心する材料にするのだな」

「おかしいか？」

「いや、おかしくはない」

嘘《うそ》である。内心、ナルサスはおかしい。アルスラーン王子のやりようは、たしかにみごとだが、たとえばダリューンが強いばかりで心術《しんじゅつ》の劣る者であったら、どう反応するであろうか。「猛将タルハーンを討ちとった自分こそ、最大の功績をあげたのでござる。トゥースの下に置かれるのは納得できませぬ」と強硬に言いたてることであろう。

「ダリューンは、もうすこし自分を高く評価してよいのだが、まあ、そこがこの男のよいところか」

友人の美点が、単なる豪勇などにあるのではないことを、ナルサスは知っていた。彼は一歩踏み出しながら友人の顔を見やった。

「ところで、おれはこれから頑迷《がんめい》なトゥラーン人に会いにいくが、おぬしはどうする」

「いや、遠慮しよう。おれのように武骨な者が同席しても、おぬしのじゃまになるだけだ」

かるく片手をあげて、ダリューンは、友人を見送った。一陣《いちじん》の夜風が、「戦士《マルダーン》のなかの戦士《マルダーンフ》」のマントをそよがせた。どこからかただよってきた花の香が、彼に、遠い絹の国《セリカ》の都を想い出させた。満月の下、香《かぐ》わしい牡丹《ぼたん》の園で失われた恋のかけらが、音もなく、黒衣の騎士の胸をころがり落ちていった。ダリューンの唇が動き、半ば声にならぬ声を洩らした。

「忘却は神々の慈悲というが……当分は慈悲にあずかれそうもないな。殺戮《さつりく》をかさねる身の罪深さだ。ぜひもない……」

ダリューンと別れたナルサスは、中庭をへだてた一室に、負傷したトゥラーン人を訪ねた。寝台に、ジムサはうつ伏せになっている。背中の包帯は、エラムとアルフリードがふたりがかりで巻いたものである。寝台の両がわに、看護人というより見張りの態《てい》でつきそっていたエラムとアルフリードが元気よく立ちあがった。ジムサがいまいましそうにうなった。もはや、パルス語がわからぬふりをしようとはしなかった。

「パルスの軍師どのか。このふたりをさがらせてくれ。いつしめ殺されるやら気になって、これではなおる傷もなおらぬわ」

「何さ、この恩知らず。手当して生命を助けてやったのは、あたしたちなんだよ」

アルフリードが両手を腰にあててトゥラーン人を糾弾すると、

「そうだ、そうだ」

と、めずらしくエラムが同意した。ナルサスは苦笑した。

「ま、それはおぬしの気が休まるようにしよう。ところでどうだ、例の件については考えがさだまったかな、ジムサ卿」

「……おれにはわからぬ」

ジムサは、ふたたびいまいましそうに叫び、矢傷の痛みに顔をしかめた。

「あのアルスラーンという王子は、どう見ても、お人よしの惰弱者というだけではないか。武勇はダリューン卿やキシュワード卿の足もとにもおよばず、智略はナルサス卿に頼りきり。あの少年に何の取柄《とりえ》があるというのだ」

アルスラーンにつかえるよう、再三ナルサスはジムサにすすめた。それに対する返答がそれであった。トゥラーンでは、アルスラーンのように、有能な臣下の前で影が薄れるような人物が王になることなどありえぬ。見るからに勇猛で力強い印象を与える人物でなければ、トゥラーン人に君臨することなどできないのだ。

ナルサスは、相手の疑問に対して、直接的には答えなかった。

「アルスラーン殿下の肩に鷹《たか》がとまっているのを見たろう」

「見た。それがどうした」

「空を飛ぶ鳥も、永遠に飛びつづけることはできぬ。かならず巣にもどらねばならぬと思うが、どうだ」

「王太子は、有能な臣下にとって、よき止り木だというのか」

疑わしげに、ジムサがナルサスのたとえ話を確認してみせた。パルスの若い軍師は、くすりと笑うと、エラムとアルフリードに、身がまえを解くよう合図した。このふたりは、ジムサがナルサスにつかみかかるようなことでもあれば、たたきのめして、もういちど包帯を巻きなおしてやろう、と、顔に明記しているのである。

「ジムサ卿、主君にも、さまざまなありようがある。表面的に強いだけが、その資格ではあるまい。トクトミシュ王が、おぬしをどう遇したか、ゆっくり考えてみることだ」

「………」

「エラム、アルフリード、もう見張っている必要はないぞ。勝利の宴《うたげ》が開かれる。食べるだけ食べたらゆっくり寝《やす》んでくれ」

ナルサスがきびすを返すと、エラムとアルフリードがその左右にしたがった。三人が去ると、負傷したトゥラーン人はひとり取り残された。ジムサは自分でもよくわからぬ理由で舌打ちし、枕に顔をうずめて考えこんだ。どのみちこの傷では逃げ出すわけにもいかぬ。ルシタニア王弟とはやや事情がことなるが、考える時間はジムサにもたっぷりあるはずだった。

血の匂いに満ちた一夜が明け、トゥラーン軍はようやく敗軍をまとめて、パルス東北国境に集結していた。疲れきったようすのトクトミシュ王は、生き残った武将たちにむけて、帰国を口にした。どうやら勝算がないようだから本国へ帰ろうというのである。すると諸将の間から、猛然と反対の声があがった。

「それでは何のためにここまでやってきたのだ。侵入しただけで何ひとつ得なかったではないか。一万をこす死体を、異国の野に遺《のこ》しただけで、手ぶらで帰るのか」

若い親王《ジノン》イルテリシュが、いきりたった。トクトミシュは無言である。つい先夜までなら、そのような反論を許すトクトミシュではなかったが、どことなく、芯が抜けてしまったような印象があった。

「いっそルシタニア人どもと誼《よし》みを通じ、東西からパルス軍を挟撃してはどうでありましょう」

そう提案したのはカルルック将軍である。トゥラーン軍に勇者は多いが、外交や大規模な国家戦略という点では、カルルックが第一人者であった。

親王《ジノン》イルテリシュが、じろりと彼を見た。

「ルシタニアだと⁉」

「さよう。彼らとわれわれには、パルスという共通の敵がござる」

イルテリシュは眉をしかめてみせた。

「奴らを同盟者として信用できるのか。おれはおぬしほど異国の事情に通じてはおらんが、異教徒との約束を守る必要はない、と、そう公言している奴らだというではないか」

「親王《ジノン》のおっしゃるとおりでござるが、奴らもパルス軍と戦うために有利な状況を求めているはずでござる。交渉の余地はありましょう。だめでもともと」

「やってみるがよい、カルルック」

国王がひさしぶりに口を開いた。不本意そうにイルテリシュは沈黙し、カルルックはうやうやしく一礼した。

こうして、西と北からパルス国内に侵入したふたつの国は、それぞれの事情をかかえこみながら、いささか奇怪な同盟関係を結ぶことになるかに見えた。

第五章　征馬孤影

I

パルス軍がトゥラーンからの招かれざる客人を追いはらってから半日後のことである。べつの客人が国境の河をわたってペシャワール城を訪れた。名をラジェンドラといい、この名を持つシンドゥラ国王《ラージャ》としては二代めである。アルスラーンの幕僚たちにとっては、非常に「親しい」人物であった。アルスラーンは城門の外まで客人を出迎えた。

「やあ、アルスラーンどの、いろいろ苦労なさったようだな」

「おかげさまで大過なくすみました。わざわざおいでいただいて恐縮です」

あまりにアルスラーンの腰が低いので、彼の左右にひかえる諸将は、内心やきもきする。あんなお調子者に、ていねいになさる必要はないのに、と思うのである。当のラジェンドラは、悪びれたようすもなく、陽気に手を振ってみせた。

「いやいや、おぬしの安否を気づかうのは、友として当然のことだ。お気づかいなさるな」

友が聞いてあきれる、悪友の極致ではないか。謹厳そのもののキシュワードが、たまりかねたようにそうつぶやいた。その声が聴こえたわけでもなかろうが、ラジェンドラは、しれっとした表情で、パルスの将軍たちをながめやった。

「ま、心配する必要もなかったな。おぬしの忠実な部下たちは、いずれも万夫不当《ばんぷふとう》の勇者ゆえ、トゥラーン軍にむざと敗れるはずもない。とすれば、へたにおれが手を出して、勝利を偸《ぬす》むようなことになっても不本意。とにかく、めでたしめでたしだな。わははは」

アルスラーンに案内されて、ラジェンドラが客間へと立ち去ると、パルスの諸将は、床を蹴って悪口を並べたてた。

「何がわははだ。めでたしめでたしだと？　おめでたいのは、あやつの頭蓋骨のなかみではないか」

「友だというなら友らしいことをしてみろ。まったく迷惑をかけてばかりのくせに」

「もしもわが軍が敗れていれば、あやつめ、トゥラーン軍にむかって揉手《もみで》するにちがいないぞ。恥とか外聞とか、そういった上等なものを母親の胎内に残して、この世に生まれてきた男だからな」

さんざんである。だが、不思議なことに、「いっそあやつを殺してしまえ」とは誰もいわぬのである。実際にラジェンドラがこの世からいなくなれば、彼らは、さぞさびしい気分を味わうことであろう。ダリューンなども、かつては本気でラジェンドラを斬る意欲に駆られたが、いまではそのような気も失せてしまったようである。

客間に通されて、ラジェンドラは歓待されたが、やや失望したようであった。うるわしのファランギースが、姿を見せなかったからである。美しい女神官《カーヒーナ》は、ギーヴとクバードに加え、ラジェンドラにまで寄ってこられては、わずらわしくてならぬと思ったのか、エラムやアルフリードとともに城外へ狩に出ていたのであった。色気がなければ食気《くいけ》、とばかりに、ラジェンドラは、いそがしく口と手の間にごちそうの橋を架け、アルスラーンの分まで酒杯をかたむけた。食うだけ食い、飲むだけ飲んでしまうと、ラジェンドラはお礼のつもりか、十歳年少の友人に、重々しく忠告などしてみせた。

「ところでな、おれが心配していることがひとつある。気をつけたがよいぞ、アルスラーンどの。パルスを敵とする、という共通点によって、ルシタニアとトゥラーンとが悪役どうし手を結ぶこともありえる」

王太子の傍《そば》にひかえたナルサスは、おどろきの表情を押しかくして、ラジェンドラの横顔をながめやった。この若い国王《ラージャ》は、ずうずうしい上に軽薄な男だが、けっしてばかではない。他人のこととなると、きわめて正確に把握できる。ただ、自分の利害がからむと、とたんに判断が狂うのは、たぶん邪気が多すぎるからであろう。

「まあ、いずれにしても、苦労は絶えんことだろうが、がんばってくれ。おれはおぬしのことを、いつも応援しているし、協力を惜しまんぞ、アルスラーンどの。何せわれらは親友であり、心の兄弟なのだからな」

温かい友情を振りまいて、ラジェンドラはさっさと帰っていった。長居して、協力とやらを具体的に約束させられては困る、というところであろう。

さて、ギーヴとクバードは、アルスラーンの陣営にとって、貴重な情報源であった。この一、二か月の間にパルス国内で生じたさまざまな事件を、アルスラーンやナルサス、ダリューンらが知ることができたのは、彼ら両名のおかげである。魔の山デマヴァントでの奇怪なできごとを聞かされたとき、ナルサスもダリューンも、さすがにおどろかされたのであった。

「ヒルメス王子が宝剣ルクナバードを英雄王の墓から掘り出そうとしたとはな」

「どう思う、ナルサス」

「ダリューンよ、思うにヒルメス王子はあせっておいでなのだ。事がご自分の考えどおりに、なかなか運ばぬ。ルシタニア軍もこのところ精彩がないゆえ、ついに宝剣の威を借りる気になったのであろう。もっとも……」

あごを片手の指先でつまんで、ナルサスは呟《つぶや》いた。

「誰ぞヒルメス王子をそそのかした奴がいるのかもしれんな。覇気のあるお人ゆえ、最初から宝剣に頼るとも思えぬが……」

それ以上は口にしなかった。ヒルメス王子、ルシタニア軍、トゥラーン軍、それにパルス国内の旧勢力。アルスラーン王子ほど、その性格に反して敵が多い人物も、世にめずらしい。一方で、ダリューンのような人材に、献身的な忠誠をつくさせる素質も、また世にまれなものではあるが。

だが、多くの敵のなかで、最大の存在は、おそらくアンドラゴラス王ではないのか。王太子がルシタニア軍を撃って国土を解放する、という立場にあるときは、まだよい。だが、アンドラゴラス王が玉座を回復したとき、アルスラーンの地位と理想はどうあつかわれるか。父王を救い出すことによって、アルスラーンは、自分の国内改革の理想をはばまれることになるかもしれぬ。大いなる矛盾である。単純に正義の戦いというだけではすまない。

戦って勝つほどに、アルスラーンは、より大きく深刻な障害に近づくことになる。そのやりきれない事実を、アルスラーン王子はわきまえているはずだった。十四歳の少年が、そのような重荷をせおっていることを思うと、ナルサスは、繊弱《せんじやく》に見えるアルスラーンの内部に、きわめて強靱《きようじん》なものが根を張っていると信じざるをえないのであった。

剽盗《ひょうとう》として知られるゾット族の族長ヘイルターシュは、先年、ヒルメスに斬られて死んだ。その息子であるメルレインは、妹をさがす旅の途中で、亡国となったマルヤムの内親王イリーナ姫と行をともにしていた。メルレインひとりが馬に乗る。内親王は輿《こし》。他の者はすべて徒歩であった。

先日の大きな地震は、盲目のイリーナ内親王をおどろかせた。

「マルヤムにも地震はございました。でもこれほど大きなものは、はじめてです」

「おれもはじめてだ」

メルレインの返答はそっけないが、べつに相手に含むところがあるわけではない。無愛想は彼の属性である。

「つかれておいでではないか、内親王殿下は」

ぶっきらぼうにそう問うのが、彼としては、気づかう心の表明なのである。大丈夫です、と、イリーナ内親王はひっそりした微笑とともに答えた。盲目の内親王にかわって一行をとりしきる女官長ジョヴァンナが、やや不平がましく、ゾット族の若者に問いかける。

「ところで、いったい、いつエクバターナに着くことができるのでしょうね」

「それはあんたたちの足しだいだな」

馬がないからしかたないのだが、マルヤムの宮廷人たちの歩みが遅いこと、亀にも嘲笑されそうなほどである。ヒルメスとやらいう人物に再会するまでに、秋どころか冬が来てしまうかもしれない。そうメルレインは思ったほどだが、その予感は、あっさりはずれた。

後方、つまり東から、四十騎ほどのパルス騎士が騎行してきたのである。マルヤム人たちは路傍に寄って彼らをやりすごすことにした。

騎馬の一行は、のろのろと進む徒歩の隊列を無視した。砂塵《さじん》を巻きあげて、無言のうちに通過していく。口をきく間も惜しいという風情だが、メルレインのほうは、黙っているわけにいかなかった。四十騎ほどの甲冑《かっちゅう》姿のなかに、銀色の仮面をかぶった男がいるのを、鳥のようにするどい視力で確認したからである。

「おい、待ってくれ、ちょっと待ってくれないか」

メルレインの開いた口に、騎馬隊が巻きあげる砂塵が舞いこんできた。メルレインはせきこみ、不快げに唾を吐くと、まさに走り去ろうとする騎馬隊を、負けん気むきだしでにらみつけた。無言で矢筒から黒羽の矢を抜きとると、弓につがえた。すばやく角度をたしかめ、天空へむかって矢を放つ。弓弦《ゆづる》のひびきは夏空の下で波に似た音となった。

騎馬隊はおどろいたであろう、天空から落下してきた一本の矢が、騎士のひとりの冑《かぶと》に高々と音をたててはねかえったのだ。距離と弓勢《ゆんぜい》を完璧に計算して、メルレインは、騎馬隊の前進をとめたのである。

十騎ほどがいそいで、他はそれに遅れて、マルヤム人一行のところへ馳せもどってきた。怒気と敵意にみちた声が、メルレインの非礼をとがめだてしたが、ゾット族の若者は平然とうそぶいた。

「礼儀を守って呼びとめるのを無視したのは、おぬしらではないか」

「なにをぬけぬけと。きさまなどに呼びとめられるいわれはないわ」

「ま、そんなことはどうでもいい。おぬしらの先頭に立つ御方は、ヒルメス王子とかいう人か」

その名が騎馬隊の面々にあたえた緊張は、おどろくべきものだった。殺気に近い、とげとげしい微粒子が空中に満ちた。

「きさまは何者だ。なぜそのような名を口にする？」

咆《ほ》えるように質《ただ》したのは、メルレインよりひとまわり大きな身体の若者である。万騎長《マルズバーン》カーラーンの子ザンデであったが、彼の存在を、メルレインが知るはずもない。相手の過剰な反応を無視して、銀仮面の男がゆっくり近づいてくるのに注目した。

「こちらはマルヤムの皇女、イリーナ内親王という女《ひと》の一行だ。ヒルメスというお方をさがしている。心あたりはないか」

一瞬の沈黙に、ひややかな銀仮面の返答がつづいた。

「知らぬな」

「イリーナ姫と、いちど顔をあわせてみればわかる。返事はそれからのことにしてくれ」

「知らぬといっておる。どこの下民か知らぬが、指図がましい口をきくな」

尊大きわまる口調が、メルレインの反骨を刺激した。ぐっと唇を引き結び、銀仮面をにらみつけると、ザンデをはじめとする騎士たちが、抜剣《ばっけん》のかまえを見せた。メルレインは、実質以上に危険そうな表情の持主だが、このときは実質的に危険だった。国も王もおそれぬ誇り高いゾット族の若者を、この銀仮面は下民よばわりしたのだ。罰せられるべき非礼であった。

「ヒルメスさまではございませんか」

そよぐような声が、危険きわまるふたりの男の間に割りこんだ。いつのまにか輿がおろされ、女官長に手をとられて、イリーナ内親王が、あぶなっかしく、ゆっくり歩みよってくる。ザンデをはじめとする騎士たちは、とまどったように、内親王をながめやった。盲目の姫君がわずかに声を高くした。息がはずんだようでもある。

「ヒルメスさまですね、そうでしょう？」

「何のことかわからぬな」

ヒルメスの答えは短く、乾いていたが、ほんとうにわずかな動揺を、完全に隠しきれなかった。

……ひとつの風景がある。十年以上前に、マルヤム国王の離宮のひとつで、イリーナは眼病の身を養っていた。その離宮は、どちらかというと、やっかい者を隔離しておくための場所であったようだ。もはや不治の眼病とわかって、イリーナは絶望したが、とざされた瞼《まぶた》の外で光が淡く濃くうつろうのは判断できた。一夕《いっせき》、花園でひとり花を摘もうとしていたイリーナは、誰かが傍《かたわら》に立っているのに気づいた。とまどったような声は少年のものだった。

「……目が見えないのか、そなたは。なのになぜ花をつむ？」

「見えなくても、花の香りはわかりますから」

半面に火傷《やけど》をおった少年は、どうしたらよいかわからぬように、少女と花を見くらべる。やがてできるだけやさしく少女の手をとって花の茎を持たせた。不器用な口調で、少女に説明してやる。

「この花は、たしかゼリアというのだ。花びらが五枚あって、縁《ふち》が青紫色で、中心へむかってだんだんと白くなる。花びらの形は……いってもわからぬな、ほら、さわってみるといい」

少年の、どこか怒ったような口調は、その後もずっと変わらなかったが、イリーナに花のこと、樹木のこと、鳥や空をゆく雲のことを、くわしく教えてくれた。彼が隣国を追われ、ひそかに再起をはかる身であることも。それはイリーナがせがんで、少年の重い口を開かせたのであるが。

その少年は、やがて離宮から姿を消した。マルヤム国王が、滞在させるのを拒んだのだ。

「隣国の厄介事《やっかいごと》に巻きこまれてはかなわぬ」という父のことばを、イリーナは思い出す。もう彼に会えぬことを知って、悄然《しょうぜん》として自分の部屋にもどったイリーナは、扉をあけると、あふれるような花の香りにつつまれた。少年が別れの挨拶に、離宮の庭の花を大量に投げこんでいったのだ。花の香りにつつまれたまま、少年の情愛を思い、イリーナは見えない目から涙を流しつづけた……。

「おぼえていらっしゃいませんか、ヒルメスさま」

「知らぬと言っておろう」

銀仮面は、ことさらに声を強めた。

「そのように気のやさしい男、この荒廃した乱世に生きていけるはずがない。どこかでのたれ死んでおろう。いずれにせよ、おれにかかわりないことだ」

銀仮面が、かたむいた夏の陽を受けて、にぶい光とするどい光を、交互にきらめかせた。メルレインは愛想のない視線を銀仮面に向けていたが、むろんその表情をたしかめることはできなかった。かつて出会ったクバードという男のことばを思いだす。ヒルメスはひどい火傷の痕《あと》を顔に残している、と。それだけではない、この男は表情を他人に見られるのがいやなのだな、と、メルレインは思った。

かかわりない、という一言をたたきつけると、ヒルメスは馬首をめぐらした。ためらいがちに、ザンデが問いかける。

「殿下、よろしいのですか、その……」

「出すぎたことをいうな」

銀仮面からもれる声は、高飛車《たかびしゃ》であったが、それは内心の動揺を、わずかに伝えていた。しだいに早まる馬蹄《ばてい》の音が、語尾にかさなる。

「いまだに王位を回復することもできず、どの面《つら》をさげてイリーナどのに会えるか……」

その思いは声にはならぬ。ことさらに馬の脚を早めながら、口に出したのは、べつのことであった。

「今後、何かと足手まといになってもめんどうだ。あの者たちにいってやれ。王都エクバターナはルシタニア軍の占領下にある。生命が惜しければ近づかぬことだ、とな」

「は、かしこまりました」

ザンデが一礼し、自ら馬首をめぐらして、マルヤム人の一行へ駆けむかっていった。もはやそれをヒルメスは見ていない。銀色の仮面を、夕陽の光彩に洗わせながら、西へと馬の脚を早めていく。四十騎がそれにしたがい、徒歩のマルヤム人一行を置き去りにして騎行をつづけていった。

ザンデの広い背中も、銀仮面たちを追って遠ざかっていく。それをながめやりながら、メルレインは、さてこれからどうするか、と、思いなやまずにいられなかった。いつまでも銀仮面一行から視線を離さなかったのは、イリーナ内親王にどういう表情をしてみせたらよいのか、判断ができなかったからである。

ヒルメスがこの道をとおったことで、ひとつの出会いが生まれ、もうひとつの出会いが生まれることなくして消えた。

その出会いがかなえば、さぞ血なまぐさく、救いがたいほどの憎悪と怨恨をともなったものとなったであろう。エクバターナとペシャワールをつなぐ道のひとつが、地震による落石でふさがれたために、ヒルメスとアンドラゴラス、パルス王室系図によれば甥と叔父であるふたりの男は、顔をあわせる機会を失ったのである。

II

「列国の王にとって、まことに災厄の年であった」

とは、パルス暦三二一年という年について記述した年代記の一節である。

惨敗し、意気あがらぬトゥラーン軍は、ペシャワール城塞から十ファルサング（約五十キロ）をへだてた北方の荒野にいた。すでに糧食もとぼしい。もともとあまり補給を重視しないのが、トゥラーン軍の伝統である。短期決戦と掠奪《りゃくだつ》とが、トゥラーン軍の戦いを特徴づけるものであった。

カルルック将軍はルシタニア軍との交渉に出かける準備をすすめていたが、「手ぶらで行ってもルシタニア軍に足もとを見られるだけだ」という意見も出て、まだ進発していなかった。その意見は、親王《ジノン》イルテリシュから出たものであった。

六月十五日夕刻、宿営地の草が緋色《ひいろ》に染まるころ、王のもとへ親王《ジノン》イルテリシュがやってきて、談判におよんだ。

「国王陛下、ぜひとも聞いていただきたい儀がござれば、この場をお貸し下され」

不機嫌そうに、トクトミシュ王は親王《ジノン》をにらんだ。ここ数日、イルテリシュの強気な態度が、王にとっては不快だった。

「何がいいたいというのだ、おぬしは」

「おわかりでござろう、陛下、このままではトゥラーン軍は覇気も精彩も失い、ぶざまに解体してしまいます。王としての責任を、いかがなさるおつもりでござるか」

イルテリシュは両眼に夕陽を映している。瞳全体が血の色に燃えあがっているように見えた。それに押されたように、国王は視線をそらし、虚勢の語を吐きだした。

「何を大仰な。そんなことをわざわざ……」

言い終えぬうちに、国王の視界の隅で白い光がひらめいた。それが紅く弾けると、激痛が太い棒となってトクトミシュの腹腔《ふっこう》をつらぬいた。トクトミシュは、かっと両眼を見開き、わが身に突き立った剣と、その持主をにらみつけた。

「イルテリシュ、きさま、何をするか……⁉」

「あなたの模倣《まね》をしているのだ。王にわずかでも王たるの資格を欠くところがあれば、玉座は力によって奪われるべし」

親王《ジノン》は唇をゆがめてみせた。

「王位に即《つ》く前、あなたはそうおっしゃった。ご自分の発言に、責任をとっていただこうではござらぬか、先王陛下」

嘲弄《ちょうろう》とともに、イルテリシュは、王の腹に突きたてた剣を回転させた。すさまじい苦痛の叫びを無視し、刃《やいば》を引きぬく。血が噴き出るさまは、葡萄酒の袋がはじけ裂けるようであった。よろめいたトクトミシュは、数瞬の間、目に見えぬ何者かの手でささえられるように立っていたが、身をよじると、自らつくった血の泥濘《でいねい》に倒れこんだ。

凍結していた諸将が、このときはじめて口々に叫び声を放ち、剣の柄に手をかけた。彼らの姿をにらみわたして、イルテリシュは声をはりあげた。

「諸卿に異議があれば聞こう。だが、その前に言っておく。いまおれが殺した男は、王にふさわしい男であったか」

苛烈なまでの気迫が、抜剣しかけた諸将を圧倒した。血ぬれた剣を地に突き刺して、イルテリシュはさらに声をはりあげる。

「つぎつぎと王族を殺して王位に即《つ》いたまではよかった。だが、ここ数日のざまはどうか。ただ一度の敗戦で骨をぬかれ、ろくに決断を下すことさえできぬ。なるほど、敗れたのはおれとて無念。だが、戦ってことごとく勝つというわけにいかぬ以上、敗戦に耐えて報復を計るだけの強さがなくてどうするか！　ここに倒れているこの男は……」

ついにイルテリシュは、弑逆《しいぎゃく》した相手を呼びすてにした。

「この男は、強さを持っていたとしても、王位を得た時点で、それを費《つか》いはたしてしまったのだ。脱殻《ぬけがら》だ。トゥラーンの歴史上、脱殻が玉座を守った例はない」

落日と人血が、親王《ジノン》イルテリシュの全身を緋色に染めあげていた。気をのまれて沈黙していた諸将のなかから、ディザブロス将軍が、うめくように質《ただ》した。トクトミシュに国王たる資格がないとすれば、それははたして親王《ジノン》イルテリシュにはあるのか、と。イルテリシュは胸を張って答えた。

「おれは先々王の甥にあたる。血の濃いこと、トクトミシュをしのぐ」

「血の濃さは、われらも承知。それ以外に、弑逆を正しとする理由はござるか」

「トクトミシュが約束して果たせなかったことを、おれは実現しよう。パルス、シンドゥラ、両国の財宝物資を、王都サマンガーンへ持ち帰り、待ちわびる女どもに分け与える。トゥラーンの名を、大陸公路の諸国にとって、荒らぶる神々にひとしいものとしようではないか」

弑逆に用いた剣を、イルテリシュは大地から引きぬいた。その威に圧倒された諸将を、あらためてにらみわたす。

「異議ある者は名乗り出よ！　先王の威は、剣によって打破された。このイルテリシュを否定するに、やはり剣もてこころみようとする者はおるか？」

誰も名乗り出ぬ。親王《ジノン》の視線が諸将の顔を一巡した。すると、あたかも声に出して命令されたように、諸将はつぎつぎとひざを折り、無言のうちにイルテリシュの権威を認めたのであった。

　こうして、トゥラーン人たちはあらたな王を推戴《すいたい》したのである。パルスにとっては、さらに危険な隣国の王が出現したのであった。


　トゥラーン国王トクトミシュが、染血の退場をとげたころ、ルシタニア国王イノケンティス七世の身には何がおこっていたであろうか。

　騎士見習エトワールという異名を持つ少女エステルは、六月十五日、ようやくパルスの王都エクバターナに入城を果たした。アルスラーンからわけてもらった食糧も医薬品も残りすくなくなっていた。それでも、十五歳未満の少女が、傷病者を保護して、ようやく目的地にたどりついたのである。安堵《あんど》のあまり、エステルは地面にすわりこみそうになった。だが、まだ彼女の責任は残っていた。ひと息いれると、エステルは牛車の一行を城内の広場に待たせ、役人たちとの交渉に出かけた。

「わたくしはバルカシオン伯爵さまのお世話になった者で、エトワールと申します。聖《サン》マヌエル城から傷病者や幼児をともなってまいりました。彼らに安住の場所を与えていただきたい」

訴えてまわったが、誰も相手にしてくれなかった。それどころではなかったのだ。ルシタニア全軍が、存亡の危機にあった。みな血相を変えて駆けずりまわっており、足手まといの傷病者たちにかまっていられなかった。

高潔な騎士といわれるモンフェラート将軍が、暇をもてあます身であったら、エステルたちのために何かととりはからってくれたかもしれない。だが、モンフェラートは、この時期、おそらく世界一いそがしいルシタニア人であった。ギスカールが、まだ完全に身体が回復せず、政治と軍事に関する指示を、病床から出している。現場を駆けまわって直接指揮をおこなうのは、モンフェラートとボードワンの任務であった。パルス軍の来襲が近くにせまっているのである。

エステルは途方にくれた。せっかく王都に到着したというのに、誰を頼ればよいのであろう。パルス軍と同行していたときには、ファランギースという異教の女神官《カーヒーナ》や、アルフリードという盗賊の娘が何かと世話をしてくれた。食糧にも医薬品にも不自由はしなかった。それがどうであろう、味方のもとにたどりついたとたん、救いの手はどこかへ消え去ってしまった。

聖職者たちに頼る、という方法もあったが、ボダン大司教の逃亡以来、王都にとりのこされた聖職者たちは小さくなって、社会の表面に出なくなった。エステルは、一本の藁《わら》もつかむことができない。

パルス王宮でも門前ばらいをくわされて、エステルは、あてもないまま王宮の裏手にまわってみた。ルシタニア軍の侵攻以来、修復もされず荒廃したままの一帯である。無秩序に草木がおいしげり、不快な羽音が飛びかうのは、どうやら蚊が小さな王宮をつくっているらしい。引き返そうとして、エステルは足をとめた。

昔、寺院で習ったイアルダボート神への賛歌が、調子はずれの声で歌われるのを耳にしたのだ。歌声は、上方から流れてきていた。視線をあげたエステルは、手入れもされぬ建物の二階の窓がひらいて、どことなくしまりがない印象の中年男が、彼女を見おろしているのに気づいた。狂人か、と思ったが、その顔がエステルの記憶を刺激した。かつて、ただ一度、その顔を遠くからながめたことがあった。エステルは息をのみ、質問の声を投げあげた。

「もしかして国王さまでいらっしゃいますか!?」

「うむ、うむ、そなたらの国王じゃとも。神の地上における代理人でもある」

もったいぶった自己紹介に、エステルはあわてて窓の下にひざまずいた。これは絶好の機会だ。国王さまに直接、事情を説明することができる。エステルは窓から青白くふくれた顔を見せるイノケンティス七世に、いそいで、自分の名と身分を語り、これまでの事情を訴えた。国王は熱心に聞き入った。

「そうか、そうか、悪鬼のごとき異教徒どもから、わが同胞を守ってくれたのか。ようやってくれた。そなたはまだ幼いようじゃが、心ばえはすでに一人前の騎士じゃ」

「おそれいります」

悪鬼のごとき異教徒、という表現には、エステルはやや抵抗があった。これは自分でも不思議な感情だった。不思議でもいい、と、エステルは思う。異教徒に対しても、なるべく公正でありたい。彼らは傷病者や幼児に親切にしてくれたのだから。

「明日にもそなたを正式に騎士に叙任してやろうぞ。何なら近侍にとりたててやってもよい。そなたにはそれだけの価値がある」

「かたじけのうございます。ですが、国王さま、わたくし一身のことなど、とるにたりませぬ。寄るべき家もない病人や孤児たちの行末を、どうかお願いいたしまする」

エステルは頭をさげた。国王さまはよい方だ、と思った。エクバターナに来て以来、ルシタニア語でやさしい声でいたわられたのは、これがはじめてだった。

だが、感動の余韻を味わっているわけにはいかなかった。背後で物音がしたのだ。甲冑と軍靴のひびきであった。あらあらしい怒声がそれにつづいた。

「おい、このような場所で何をいたしておる」

立ちあがったエステルの視界に映ったのは、完全武装した三人の屈強な騎士であった。

「ここはお前などの来るような場所ではない。まだ子供ゆえ、深くはとがめぬが、さっさと立ち去れ」

「なぜです、臣下たる身が国王さまにお目どおりしてはならないのですか」

「国王陛下はご病気なのだ。ゆえに病室にこもっておられる。お前などが陛下のご静穏をさまたげてよいと思うか」

いまは国政のすべてを、王弟殿下ギスカール公が執っておられる、国王陛下にはゆっくりと静養していただくのだ。騎士たちはそういった。

「では王弟殿下に会わせていただけませんか」

「何をあつかましいことをいうか。王弟殿下にはお暇などないのだ。身のほどをわきまえるのだな、慮外者《りよがいもの》が」

アンドラゴラス脱走事件の前後において、国王イノケンティス七世は完全に士心を失った。国王に対する騎士たちの怒りと侮蔑が、この場合、エステルにまで、悪い影響をおよぼしたのである。

「二度とこのあたりに近づくな。せっかく拾った生命を、今度は永久に落とすことになるぞ」

脅迫されてひるんだわけではないが、エステルは引きさがらざるをえなかった。完全武装した屈強な騎士三人に、対抗できるものではない。エステルの身に何かあれば、聖マヌエル城からつれてきた傷病者や孤児たちを護《まも》ってやる者がいなくなってしまう。ここは穏便にふるまうしかなかった。気性の激しいエステルも、気性のままにふるまうわけにはいかなかったのである。

「お騒がせいたしました。おことばどおり、もうこのあたりには近づきませぬ」

口惜しさをこらえて頭をさげ、踵《きびす》を返した。数歩すすむと、イノケンティス七世が投げつけた叫び声が、エステルの後頭部にぶつかった。

「少年よ、かならずそなたを騎士にしてやるからの、いつまでもそなたの尊い心根を忘れるでないぞ」

少年と思われていたことには、がっかりしたが、ありがたいおおせにはちがいない。振りむこうとしたエステルは、背後から肩をつかまれ、突き飛ばされた。騎士見習の少女は、門の外へ転がり出た。地面に倒れ、起きあがって振りむいたエステルの鼻先で、厚い扉が音高く閉ざされた。

宮廷革命だ！　王弟殿下が国王さまを幽閉して完全に権力をにぎったのだ。そのことを、エステルはさとった。同時に、勇敢な少女は、勇敢すぎる計画を胸にきざんだ。お気の毒な国王さまを救い出してさしあげよう、と。

エステルには、現実的な計算もある。国王さまをお救いすれば、エステルがつれてきた傷病者たちをたいせつにあつかってくださるのではないか。ついでにエステルも騎士に叙せられれば、名誉なことだ。

それにしても、異教徒であるパルス人たちが、病《や》んだり傷ついたりしたルシタニア人を助けてくれたのに、おなじ神を信じる同胞の冷たさを、どう表現すればよいのか。エステルは考えこんでしまうのだった。

だが、いつまでも考えこんではいられない。国王さまをお救いする前に、エステルは、自分の同行者たちを護らなくてはならなかった。

足を早める。パルス人とルシタニア兵で埋まった街角をまがりながら、ふと想いだしたことがあった。アルスラーン、あの晴れわたった夜空の色の瞳をした異国の王子は、別れしなに、エステルにむかって告げたのだ。

「ほんとうに困ったことがあったら、牛車の右前の車輪の軸をはずしてごらん。すこしは役に立つと思うよ」

と。いつかエステルは完全な駆け足になっていた。牛車では、彼女だけを頼りにする病人や幼児たちが、不安そうに待っていた。彼らにむけて笑顔をつくり、何も心配いらないと告げてから、エステルは、牛車の右前の車輪にかがみこんだ。車軸の留金《とめがね》をはずしてみると、細長い空洞のなかに羊皮の袋がつめてあった。引き出してみると、ずしりと重い。

掌に転げでたパルスの金貨と銀貨を、エステルは凝《じっ》と見つめた。何もいわなかった。いえば泣きだしてしまうことが、エステルにはわかっていたのである。

Ⅲ

六月十六日、太陽が雲の間から地上へ最初の一閃《いっせん》を投げかけた。ペシャワールの城頭では、つつがなく夜の見張りを終えた兵士たちが、大きなあくびを残して、仲間と役目を交替しようとしていた。と、ひとりが声をあげて、西方の野を指さした。馬車をまじえた、ささやかな騎馬の一団が、ペシャワールへの道を近づいてくるのである。攻城の敵軍とも思われず、不審さに目をこらした兵士たちのなかで、最年長の男が驚愕《きょうがく》の叫びを放った。

「あれは国王《シャーオ》だ。アンドラゴラス陛下のおなりだぞ……！」

パルスの国王《シャーオ》アンドラゴラス三世の姿は、こうしてペシャワールにあらわれたのである。

「父上……」

中庭の石畳にひざまずき、国王夫妻の一行を迎えて、アルスラーンは口ごもった。昨年秋、アトロパテネの戦場で別れて以来、ほぼ八か月ぶりの再会であった。どういったらよいのか、混乱し、判断もつかぬまま、とにかくひざまずいてアルスラーンはあいさつした。

「ご無事でようございました。アトロパテネでお別れ致してより、ずっと御身を案じておりました。母上にも……」

馬車からおりぬままの王妃タハミーネに、遠く視線を向けたが、反応はない。

「王妃は疲れておる。予もさすがに疲れた。寝所《しんじょ》を用意せよ。委細は午後のこととしよう」

用件だけを言いつけると、アンドラゴラスは下馬した。ことばとは裏腹に、長い脱出行の疲労はほとんど見せておらぬ。とにかくアルスラーンは、中書令《サトライプ》のルーシャンに、父母の一行を応対してもらうことにした。それにしても意外な事態の発生であり、アルスラーンの部下たちもとまどいを隠しきれなかった。

国王夫妻がルーシャンの案内で宮殿へ去ると、アルスラーンの部下たちは、一室に集まって語りあった。ギーヴが今後のことについて問いを発した。

「……すると、どういうことになるのだ。国王《シャーオ》と王太子とで二頭政治ということになるのか、ダリューン卿」

「いや、そうはなるまい。同格の王子がふたり、というならともかく、国王《シャーオ》が他者と権勢を分けあうことはありえぬ」

「ふん、地上に国王《シャーオ》はただひとり、か」

ギーヴが口にした台詞《せりふ》は、「カイ・ホスロー武勲詩抄」の有名な一節であった。

「すると兵権も、アルスラーン殿下は、父王に返上せねばならんということになるのかな」

「当然そうなるな」

「当然といって……現にこれまで軍をひきいて戦ってきたのは、アルスラーン殿下だろうが。いきなり国王《シャーオ》があらわれて、自分に軍隊をよこせといったところで」

狩の獲物を横どりするようなものではないか。遠慮のなさすぎる意見を、ギーヴは口にした。もともと不遜《ふそん》な性格の上に、廷臣としての礼儀にもしばられない男である。

ダリューンがつぶやいた。

「おそらく多くの者が板ばさみになるだろうな。最悪の場合、パルスは分裂する」

そうなれば、ルシタニアやトゥラーンと戦うどころではない。パルスは国として存続することができるだろうか。

ナルサスは無言のまま考えこんでいる。

それにしても、事の意外におどろかされる。予測のなかでも、もっとも可能性が低いとみていた予測が、現実化してしまった。アンドラゴラス王の底力を、どうやら過小評価していたらしい。まずいのは、アンドラゴラス王を救出することによってアルスラーンの発言力をいちじるしく増大させるという予定であったのに、そうならなかったことだ。きわめてまずい。「おれは自力で脱出したのだ。王太子の意見などきく必要はない」といわれても、返すことばがない。

ファランギース、エラム、ジャスワントらが、ひとり回廊にたたずむアルスラーンの後姿を、気づかわしげにながめやった。王太子の左肩には鷹《シャヒーン》の告死天使《アズライール》がとまっている。

先刻から、アルスラーンは沈黙しつづけている。部下たちの心配にこたえて、何か言わねばならなかった。だが、何と言えばよいのかわからなかった。いつかこういう事態に直面するだろう、とは思っていた。だが、その時期が早すぎた。アルスラーンには、まだ心がまえができていなかった。王都エクバターナを陥落させるほうが先だと思っていた。

エクバターナが陥《お》ちるまでに、心がまえができているという保証など、どこにもないが、やはり時間がほしかった。これからふたたび兵をととのえ、王都を奪回する征旅《せいりょ》にたとうとしたとき、父王のほうが遠い脱出路をへて、ペシャワールまでやってきてしまったのだ。

「ところで、ファランギースどの、あなたのお考えをうかがえるだろうか」

意味ありげなギーヴの表情を、ファランギースは冷淡に見返した。

「おぬしが他人の考えを気に病むような男とは知らなんだな」

そう皮肉った上で、自分の考えを明らかにした。

「わたしはアルスラーン殿下におつかえしたのじゃ。ここで殿下のもとを去っては、先代の女神官長《カーヒーナ》に祟《たた》られてしまう。国王《シャーオ》の怒りより死者の祟りのほうが、わたしには恐ろしい」

しおらしげなことを口にするが、ファランギースの発言を裏返せば、国王の怒りなど恐れない、ということである。

「さすが、おれのファランギースどのは、正しいだけでなく味のあることをいってくださる」

「おぬしのファランギースとやらが何を考えておるのか、わたしの知ったことではない。わたしはただ自分の心にしたがうだけだ。おぬしこそどうするのだ」

美しい女神官《カーヒーナ》のことばの前半部は、自分につごうよく無視して、ギーヴは、自分自身の立場を明確に口にした。

「おれはアンドラゴラス王とやらに何の義理もない」

そう断言して、そこでやめておけばよいのに、よけいな一言をつけくわえてしまうのが、ギーヴの悪癖であろう。

「もし王太子が国王と決裂して兵を動かすということにでもなれば、おれは一議なく王太子の旗の下に馳せ参じるぞ」

それを聞いたエラムが、あわててアルスラーンの後姿をもう一度ながめやった。だが、沈思しているアルスラーンは、このとき、ギーヴの声を知覚せず、身動きだにしなかった。

女神官が、不とどきな発言者を見すえた。

「おぬし、自分の意見を表明するというより、国王陛下と王太子殿下との決裂を望んでいるのではないか」

「おや、そう聴こえたか」

「そうとしか聴こえぬ」

ファランギースは決めつけたが、ギーヴのいうことがけしからぬ、大逆のことばではないか、とはいわなかった。

ジャスワントが、はじめて口を開いた。

「私が祖国シンドゥラを離れて、こんな異国にやってまいったのは、アルスラーン殿下に三つの借りがあるからでござる。それをお返しもせず、殿下のおそばを離れるわけにはまいりませぬ」

「そうかそうか、まあ、しっかりやってくれ」

あっさりとギーヴはかたづけた。不意に形のいい眉をしかめ、心につぶやく。

「……しかし、どう考えてもあれは子を見る母親の目じゃなかったぜ」

王妃タハミーネと皮肉な形で再会した、そのときの印象をギーヴは想いおこしたのだが、さすがに口には出せなかった。

わずか十四歳の少年が決断を迫られているのである。子として父にしたがい、兵権を返上すべきか。そうすればパルス国内の分裂は回避できるだろう。だが、アンドラゴラス王が、アルスラーンのように奴隷《ゴラーム》を解放し、伝統的なパルスの社会構造を変革するはずがない。つまり、アルスラーンにとって、理想を実現させる道の途中に、アンドラゴラスが立ちはだかっているのだ。

おまけに、アルスラーンには、ひけ目ができてしまった。結局、彼の力で父王を救出することができなかったのだ。そして母も。国王夫妻は自力で虜囚の身から解放されたのである。王太子としての責任も、子としてのつとめも果たせなかった。ダリューン、ナルサス、その他おおぜいの人々の助力をえて、精いっぱいがんばったつもりだが、「がんばってそのていどか」と決めつけられてもしかたない。英雄王カイ・ホスローの子孫にしては、腑甲斐《ふがい》ないことであった。

告死天使《アズライール》が低く鳴いて、翼を持たない友人の顔をのぞきこんだ。心配しているのである。

アルスラーンは笑顔をつくって、友人の羽毛をなでた。

「心配かけてすまぬ、告死天使《アズライール》。お前のご主人にも迷惑をかけるな」

胸が痛い。自分は悪意で行動しているわけではないのに、どうしてこうも、自分にかかわる人々を、こまらせてしまうのだろう。

他人だけのことではない。父母にようやく再会できたというのに、心にはずむものがないのだ。奇妙な困惑が翼をひろげて、それを折りたたもうとしない。自分は子として、人間として、どこか欠けているのだろうか。

やはり自分が両親の実の子ではないからか。そう禁忌《きんき》の思いに触れると、アルスラーンは、深く暗い井戸に沈む自分の姿を自覚してしまうのだった。

IV

アルスラーンとちがって、父王のほうは困惑してなどいなかった。その行動は精力的で積極的であった。アトロパテネの敗戦以来、八か月にわたる権威と権力の空白を埋めるためであったろうか。みじかい睡眠をとると、アンドラゴラスは、まず中書令《サトライプ》ルーシャンを呼びだし、政務全般にわたって報告させた上で、つぎに万騎長《マルズバーン》キシュワードを呼びだした。

参上した「双刀将軍《ターヒール》」が、双刀におとらず有名な鷹《シャヒーン》を肩にとまらせていないのを見ると、アンドラゴラスは頭ごなしにいった。

「キシュワード、おぬしはアルスラーンの私臣か、パルスの国臣か」

そう決めつけられて、キシュワードは鼻白《はなじろ》んだ。度量ある王者の問いとも思えぬ。とはいえ、問われて答えぬわけにはいかなかった。

「むろんのこと、私めは代々、パルスの国臣であり、国王《シャーオ》の廷臣でございます。おのれの立場を忘れたことはございませぬ」

「では膝をつけ！　汝が膝をつくべき唯一の相手がここにおるのだ。わが名はアンドラゴラス。英雄王カイ・ホスローの末裔《まつえい》にして、パルスを統治する唯一の国王《シャーオ》なるぞ」

雷に打たれたようであった。「双刀将軍《ターヒール》」キシュワードは片ひざを折った。うやうやしく、王者への礼をほどこす。キシュワードは臆病とか卑屈とかいう性格にほどとおい男であったが、歴代の武門の出身であるだけに、国王《シャーオ》に対する服従の儀礼を身心にたたきこまれていた。まして、ダリューンやナルサスのように、アンドラゴラス王の不興を買ったり、政治上の意見を対立させたりしたわけではない。

形として、王太子はあくまで国王の代理人であるにすぎぬ。アンドラゴラス王が玉座に復活すれば、そもそもアルスラーン王子の存在など、問題にならぬ。それなのに、キシュワードが困惑を感じつづけていたのは、王太子個人に対する忠誠心が、この半年の間に、キシュワードの裡《うち》に育《はぐく》まれていたからであった。さらには、鷹《シャヒーン》の告死天使《アズライール》と告命天使《スルーシ》を介して、心の交流があったからでもある。

だが、いま、キシュワードは、私心を排し、歴代の廷臣としての立場に自らを置くしかなかったのであった。

陽が西にかたむきかけた刻限、国王《シャーオ》アンドラゴラスは、閲兵の場に文武の廷臣を集めた。百騎長以上の身分の者が、すべて呼集され、石畳にひざまずく。王太子アルスラーンが呼ばれた。黄金の冑をぬいで左腕にかかえ、最前列でうやうやしく頭をさげる。

「パルスにおいては、兵権はひとり国王《シャーオ》に帰す。余人が国王の兵権を侵すは、すなわち大逆である」

冷厳な声が、アルスラーンの罪を鳴らすようである。冑をぬいだ王太子は、むき出しの髪に父王の声を受け、頭をさげつづけていた。

「そのこと承知しておるな、アルスラーンよ」

「はい、陛下……」

「お言葉ではございますが、陛下……！」

アルスラーンの右後方で、黒い甲冑を鳴らして、ダリューンが身動きした。両眼に憤激の光がある。波風をたててはまずいことをわきまえてはいるが、公式の場で誰ひとり王太子を弁護しないとあれば、アルスラーンの立つ瀬がないではないか。ダリューンは国王《シャーオ》を直視し、ひざまずいた姿勢に激発の気配をこめた。

「殿下を王太子としてお立てになったのは、陛下ご自身であらせられます。王太子が王権を代行するは、制度上、当然の理《ことわり》。王太子に何の罪がございましょうか」

じろりと彼をにらんだだけで、アンドラゴラスは沈黙している。

「ダリューン卿！　国王陛下に対したてまつり、無礼であろう。ひかえよ」

アルスラーンが、押しころした声で叱咤《しった》した。この場合、内心でダリューンに感謝していても、アルスラーンとしては叱咤せざるをえぬ。でないと、国王自身がダリューンに怒声をあびせることになり、双方の対立が、火を発することになりかねない。その事情は、ダリューンにも、むろんわかる。不本意ながら、恐縮した態《てい》で沈黙した。

そういったアルスラーンたちの複雑な心理的葛藤《かっとう》など、アンドラゴラスは意に介さなかった。あるいは、それをよそおっていたのか。いずれにせよ、ダリューンの抗議を完全に無視して、国王《シャーオ》は太子の姿をながめおろした。

「汝に命じる」

ずしりと肚《はら》にひびく声である。アルスラーンには、とうてい模倣《まね》ができぬ。胸が苦しくなるほどの威圧感だ。他にどのような欠点があるにせよ、アンドラゴラスの迫力と威厳は、ほんものであった。

「汝に命じる。南方の海岸地帯におもむき、国土を回復するための兵を集めよ。その数、五万に達するまで、国王《シャーオ》のもとへ帰参するにおよばず」

廷臣たちがざわめいた。強風を受けた葦《あし》の原のようであった。事実上の追放ではないか、と、明確なことばにはならぬが、廷臣たちの表情が同じ思いを語りあっていた。

集められるだけのパルス兵は、すでにこの地に集められている。さらに五万もの大兵を、どのように集めろというのであろう。もし集めることができなければ帰ってくるな、と父王は言っているのだ。アルスラーンは心の奥に氷塊《ひょうかい》を感じた。全身が硬ばり、咽喉《のど》に何かがふさがって声が出ぬ。

と、彼の左後方から、ダイラムの旧領主がささやきかけた。

「お受けあそばせ、殿下」

ナルサスの声は低く短い。受けよという、その理由も説明せぬ。だが、アルスラーンの耳には、はっきりと伝わった。王子は信頼する軍師の顔を一瞬だけ見やって、心をさだめた。

「勅命、つつしんでお受けいたします」

ものの見かたを変えよう、と、アルスラーンは思った。追放された、とは考えまい。行動の自由を与えられた、と思おう。そう思えば、父を怨《うら》まずにすむ。父は、繊弱な息子に、試練を与えてくれているのかもしれぬ。

そう思いたかった。あるいは、これは現実から逃避するだけのことかもしれぬ。だが、現実とは何だろう。父王の態度には温かみがなく、冷厳そのものである。自分は子として父に愛されていない。母にも。そのことは、三年近く前、王宮にはいったときから感じていた。感じさせられていた。

「あなたはパルスの王子なのです。王子らしいふるまいをなさい。それ以外に望むことは何もありません」

美しい母后はそうアルスラーンに告げたのだった。アルスラーンを育ててくれた乳母《うば》夫婦からは温かさ、優しさ、素朴さを感じとることができたのに、王妃タハミーネのことばは、寛大をよそおって、じつは冷淡をきわめた。壮麗で洗練された王宮も、アルスラーンにとっては、よそよそしい他人の家としか感じられなかった。

これらのことは、すべてひとつの根から発した芽であり、幹であるのだろうか。

自分が、アルスラーンという少年が、国王アンドラゴラスと王妃タハミーネの子ではないということから……？

「何をしておる。勅命はすでに下った。旅装をととのえて、すぐに出立《しゅったつ》するがよいぞ」

「ひとつだけお願いがございます」

「何か、申してみよ」

「出立の前に、ひと目、母上に会わせていただけませんか。お話がしたいのです」

アルスラーンの背後で、ひざまずいた姿勢のまま、ダリューンとナルサスが視線をかわしあった。国王の返答には、とりつくしまがなかった。

「王妃は連日の疲労と心労で床についておる。それをむりに起こして対話を強いるより、勅命にしたがって功をたて、凱旋《がいせん》するほうが、はるかに子として人の道にかなうであろう。会うにはおよばぬ」

「……ダリューン!」

ナルサスが、低く、だがするどく友人を制した。アンドラゴラスのあまりの酷薄さに義憤を発したダリューンが、ふたたび立ちあがりかけたのである。黒衣の騎士は、かろうじて自制し、ひざまずく姿勢にもどった。かわってナルサスが、鄭重《ていちょう》な一礼とともに言上した。

「王太子殿下が勅命にしたがうは、パルス人として当然。殿下におつかえするわれらも、不肖ながら殿下を補佐させていただき、勅命が果たされるに微力をつくしたく存じます。

殿下への随従、勅許《ちょっきょ》をいただけましょうか」

ところが、ナルサスの思惑は、みごとにはずれたようであった。ダイラムの若い旧領主に、冷然たる視線を向けると、アンドラゴラスは言い放った。

「ダリューンとナルサスの両名は、わが陣営に残れ。アルスラーンに同行することは認めぬ。両名の才幹は、わが王宮に欠かせぬものである」

息をのむ気配が、陣営全体に満ちた。ダリューンとナルサスとが、王太子アルスラーンにとって左右の翼にもひとしい存在であることを、誰もが承知している。雄将として、智将として、パルス全土に冠絶する彼らふたりである。彼らの才幹を重用すると見せて、じつは彼らをアルスラーンから引き離そうとするのが、アンドラゴラス王の本心であることを、誰しも想像せずにいられなかった。

「……何という父親だ」

舌打ちの音をたてたのは、未来の宮廷楽士を自認するギーヴである。彼は形式上、アルスラーンの知人であるというだけで無位無官の身であるから、アンドラゴラス王の御前にひざまずく必要もなかった。閲兵の場を見おろす近くの窓に寄って、情景を見物していたのである。王家内部の対立など、ギーヴとしては「ざまあみろ」と言ってやりたいところなのだが、アルスラーンの姿を見ていると、気の毒でもあり、ダリューンの義憤に心から同感した。まったく、柄《がら》にないことであって、自分でてれくさくなったほどである。

「まあいい。ありがたいことに、おれは誰につかえようが他から異議の出ない立場だ。ダリューン卿やナルサス卿が鳥籠《とりかご》から出られないなら、その分おれが羽をひろげてやるさ」

それにつけても、官位を持つ人間とは不自由なものだ。人と生まれて主君を選ぶ権利すら与えられぬとは。つい数日前、デマヴァント山で経験した、奇怪すぎるできごとを、ギーヴは想い出した。銀仮面の男、ヒルメス王子は、宝剣ルクナバードを、まだ使いこなすことはできなかった。逆にいえば、宝剣のほうは使い手を選ぶだろうか。

「アルスラーン王子こそ宝剣ルクナバードにふさわしい」

そうギーヴはヒルメスにむかってけんかを売ったが、さてそれは単なるよたか、それとも神々が楽士の口を借りてそう言わせたのか、なかなかに興味ぶかいものがあった。ただ、ギーヴは直観している。おそらくあのとき、宝剣ルクナバードの力は、完全に発揮されてはいなかった。ルクナバードはもっと偉大で巨大な力を秘めているにちがいないであろう、と。

さて、不自由な宮廷人である万騎長《マルズバーン》のキシュワードは、ご自慢の鷹《シャヒーン》が肩にとまっていない理由を、アンドラゴラス王に問われた。告死天使《アズライール》を王太子の手にあずけたキシュワードは、淡々として答えた。

「鷹《シャヒーン》もしょせん畜生でございます。飼主の恩を忘れたのでございましょう。なさけなきことなれど、ぜひもございませぬ」

そう答えるキシュワードの顔を、アンドラゴラス王は、冷たい皮肉をこめてながめやったが、口に出しては何もいわなかった。

中書令《サトライプ》ルーシャンをはじめ、イスファーン、トゥース、その他、王太子アルスラーンのもとに馳せつけた面々は、困惑しきっている。ルーシャンはおだやかに、イスファーンはいらいらと、トゥースはむっつりと、それぞれの決断を胸にかかえているようであった。ごく最近、勝利をかさねるパルス軍の威風をたよって集まってきた者たちは、べつに悩みもせず、国王《シャーオ》アンドラゴラスに乗りかえている。これはこれで当然のことである。さらに今後は、アンドラゴラス王のもとにこそ、喜んで駆けつける者も出てくるだろう。何といっても、「奴隷制度廃止令」に対する潜在的な不安や反発は、たしかに存在したからである。それだけに、あらたに兵を集めるというアルスラーンの任務は、さらに困難になるであろう。

夕刻、アルスラーンはひとりペシャワールの城を立ち去っていった。ただ一羽の鷹《シャヒーン》と、一頭の馬だけをともない、夕陽を受けた孤影《こえい》を南西へと進めていったのである。

ダリューンとナルサスは、王太子を見送ることも許されず、城の奥の一室にいた。武装を許されたのが、せめてものことであったが、室外には兵士もおり、ほとんど軟禁されたようなものであった。

ナルサスは卓を前にして、ずっと何か考えこんでいる。室内を歩きまわっていたダリューンが、沈黙にたえかねたように、ナルサスの前にすわった。

「ナルサス、おぬし何を考えている?」

ダリューンの声は、ささやくようだ。智略の豊かさと思慮の深さを併せ持つ友人が、アンドラゴラス王の胸中を読みそこなったとは、ダリューンには思えなかった。おそらく何か魂胆があって、してやられたふりをしてみせたのではないか、と、ダリューンは推測したのである。

友人の問いかけに、ナルサスは、声をたてずに笑ってみせた。ふたりともに、大声をはばかったのは、アンドラゴラス王の諜者《ちようじや》が近くに潜んでいる可能性をおもんばかったからである。笑いをおさめると、ナルサスは、声を高めて答えた。

「おぬしも心配性だな。アルスラーン殿下はべつに敵国におもむかれるわけではないのだ。おれたちが随従《おとも》しなくとも、それほど心配するにはおよぶまい」

そう言いながら、ナルサスの指が卓の上で動いた。指文字を書いている。ダリューンの視線が、すばやくそれを読みとった。ナルサスが指文字で告げたのは、つぎのようなことである。

……ダリューンとナルサスとを、アルスラーン王太子から強引に引き離したのは、アンドラゴラス王が愚かだからではない。むしろその逆である。アンドラゴラス王が狙っているのは、ダリューンとナルサスとが国王《シャーオ》の命令に背いて、陣を離脱することである。そうすれば、叛逆者《はんぎゃくしゃ》としてダリューンとナルサスとを討ちとることができるからだ。ダリューンとナルサスとが、国王《シャーオ》より王太子に忠誠をつくそうとしていることを、アンドラゴラス王は知っている。とすれば、彼らふたりをみすみすアルスラーンにしたがわせるより、いっそ抹殺してしまったほうがよい。

ダリューンは慄然《りつぜん》とした。そこまで国王に忌《い》まれているとは思っていなかったのだ。だが、考えてみれば、それこそ甘いというべきだろう。アンドラゴラス王がアルスラーンにとって潜在的な敵であるなら、その逆も同じことである。敵の力を削《そ》ぐのは当然のことだ。

ナルサスの指文字はさらにつづいた。

「心配ない。すでにエラムとアルフリードに事情を説明してある。あの子らは聡《さと》い。自分のやるべきことはわかっているはずだ。それでも最悪の場合、味方であるパルス軍の陣を斬り破らねばならぬかもしれぬ」

ダリューンも指文字で答えた。

「それはまかせてくれ。どのような重囲であろうと、斬り破ってみせる。ただ、おれたちが力ずくで国王陛下の陣から離脱すれば、王太子殿下と父王との間が気まずいことになるかもしれぬぞ」

無言の真剣な会話は、大声の意味もない会話によって隠されてしまった。扉の外に忍びよった国王の諜者《シャーオ》は、何も聴き出すことができなかった。

「すでに充分、気まずくなっているさ。いくら引きのばしたところで、もはや破局は避けられぬ。とすれば、手をつかねて運命の罠を待つだけというのも、ばかばかしいではないか」

「たしかにな、いまさら憂えてもはじまらぬ。ところで、ファランギースどのやギーヴはどうする？　彼らと連絡をとって、ともに行動する必要はないか」

その必要はない、と、ナルサスは答えた。ファランギースやギーヴが、アンドラゴラス王に与《くみ》するはずはない。アルスラーン王子に味方するか、さもなくば誰にも味方しないかだ。彼らは彼ら自身の意思と才覚によって行動するだろう。いま彼らに連絡すれば、アンドラゴラス王の猜疑《さいぎ》をまねき、かえって彼らの安全を危うくするかもしれぬ。ここはそ知らぬ顔でいたほうがよい。たぶん、アルスラーン王子の身辺で再会できるだろう。

「つまり、ファランギースどのやギーヴを、おぬしはけっこう高く評価しているわけだな、ナルサス」

「そんなところだ。彼らとは奇妙な縁だが、その縁をたいせつにするだけの価値はある」

うなずいて、ダリューンは卓から立ちあがり、石畳の奥庭に面した窓から外をのぞいた。見張りの兵士たちが、はじかれたように槍《やり》をかまえなおす。見張りの対象が「戦士《マルダーンフ》のなかの戦士《マルダーン》」であるだけに緊張を隠しきれない。

「やれやれ、ご苦労なことだ。ま、あやつらも命令ゆえ、いたしかたないというところだな」

ダリューンが卓にもどると、ナルサスが口に出してつぶやいた。

「大きな船が自由に動きまわるには、広い海が必要だ。アルスラーン殿下は、まだ湖だが、海になれる可能性が高い。充分に期待する価値がある」

海と船のたとえ話を、トゥラーンのジムサ将軍には、ナルサスはしなかった。海を見たことのないジムサには通じないたとえであったから。そのジムサは、彼が負傷させたザラーヴァントとともに病床にある。まだ動けぬ身だから脱出行に同行させることもできぬ。あの男に、運と、何よりも生きて戦う気力があれば、生命がけで脱出するだろう。すでに二度、彼は死すべきところを救われている。それ以上のことをしてやる余裕は、ナルサスたちにはなかった。

V

深夜、ペシャワール城内の一角から火の手があがった。軍馬の飼料を積んである場所であった。火より煙の勢いのほうが盛んで、それが厩舎《きゅうしゃ》へ流れこんだため、馬たちが騒ぎだし、城内は混乱におちいった。兵士たちが水桶をかついで走りまわり、火と煙に追われた馬がいななき狂って各処で暴走する。

「すこしはですぎるようだな」

黒い甲冑をよろい、長剣を佩《は》いたダリューンは、苦笑しつつ、混乱する人々のなかを駆けた。騒ぎをおこしたのが、エラムとアルフリードであることは明らかだった。ダリューンやナルサスらが騒ぎに乗じて脱出できるよう、手をつくしているのだ。それに応えられぬとあっては、おとなのほうが力量を問われるであろう。

煙のなかを厩舎へと駆けこみ、漆黒の愛馬を救い出してそれにうちまたがる。城門を守る兵士たちを追い散らし、重い門扉《もんぴ》をあけて城外へ駆け出したとき、

「どこへ行く、ダリューン卿」

馬ごと彼の前に立ちはだかったのは、キシュワードであった。すでに両手は、双刀を抜

きはなっている。彼の背後には、黒々と兵士たちの群がわだかまっていた。ダリューンらの脱走を予期し、城外に布陣していたのである。

「キシュワード卿、おぬしとまじえる刃は、おれは持たぬ。剣を引いてくれ」

ダリューンは叫んだ。

「甘いな、ダリューン卿」

かぎりなく、キシュワードの声はにがかった。両手の刃が、松明《たいまつ》の火影《ほかげ》を映して、落日の色にかがやいた。

「パルス武人にとって、王命は絶対であるはず。おぬしも陛下より万騎長《マルズバーン》に任じられた身であるのに、一万の部下をすてて自分ひとり理想を追うつもりか」

「おぬしの正言は耳に痛いが、おれとしては王太子殿下をお守りする以外に道がないのだ」

「伯父であるヴァフリーズ老の遺言を守るためか」

「それもある。だが、いまでは、おれ自身がそうしたいのだ」

ダリューンは断言した。キシュワードはうなずいた。溜息をついたようであった。

「なるほど、よくわかった」

「ではここを通してくれるか」

「いや、やはり、国王《シャーオ》の臣として、おぬしを通すわけにはいかぬ。双刀将軍《ターヒール》の陣を突破したくば、わが双刀を二本とも折っていけ!」

キシュワードの乗馬が、高々といななないて前肢《まえあし》をあげた。双刀がきらめきわたるのを見て、ダリューンも覚悟した。かつてない雄敵を、先刻までの味方のうちに見出すことになったのだ。ダリューンの手が、長剣の柄に走った。

その瞬間、弦音がひびきわたり、それに馬の悲鳴がかさなった。キシュワードの乗馬は、頸《くび》に矢を受け、身をねじるように横転した。長剣の柄にかけた手をはずして、ダリューンは視線を動かした。弓を手にした女神官《カーヒーナ》の姿が、彼の目に映った。

「おう、ファランギースどの、よけいな手間をおかけした」

「まこと、宮廷人とは哀れなものじゃ。形式的な忠誠心や義理のために、人間本来の情をすてねばならぬとはな」

美しい女神官《カーヒーナ》は、ギーヴと似たような感想を口にした。

「さて、どうする、落馬した双刀将軍《ターヒール》にとどめを刺すのか、ダリューン卿。いや、それができるお人ではなかったな」

「見すかされるのは残念だが、そのとおりだ。笑ってくれてかまわぬ」

「あとでゆっくり笑わせてもらうとしよう。いまは逃げるのが先決じゃ。ギーヴやジャスワントも、もう脱出したはず。遅れては笑われようぞ」

黒衣黒馬の騎士と、緑の瞳をした女神官は、馬首をならべ、夜の奥へと疾走をはじめた。

その間に、落馬したキシュワードは立ちあがっていた。双刀将軍の身を案じた百騎長のひとりが、馬を駆け寄せてきた。声をかけようとする相手に、キシュワードは命じた。

「何をしている、私の身など案じるより、早く逃亡者たちを追え」

「本気で追ってよろしいのですか、万騎長《マルズバーン》」

「当然だ、陛下の御意であるぞ!」

きびしくいわれ、あわてて百騎長は同僚たちとともにダリューンらを追いはじめる。夜の野に立ちつくしたキシュワードは、苦笑して双刀を背中の鞘《さや》におさめ、胸中につぶやいた。

「本気で追ったところで、お前らの手におえる連中ではないが……これで捕殺されるようなら、所詮、王太子殿下のお役にはたつまい」

ダリューンとファランギースが、キシュワードの陣を突破しつつあったころ、軍師として高名なダイラムの旧領主は、草の上に身を投げ出していた。友人の場合とは逆に、ナルサスは、国王《シャーオ》の手の者から乗馬を射倒されてしまったのだ。一転してはね起きたところへ、兵士たちが飛びかかってくる。ひとりを蹴たおし、もうひとりを鞘ごと抜いた剣でなぐりつけて走り出した。殺すな、とらえて国王の御前につれていけ。そのような声を背に受けて、五十歩ほども走ったころである。

「ナルサス、ナルサス、こっちだよ！」

元気のいい少女の声がして、ナルサスのすぐそばに黒い騎影が出現した。ダイラムの旧領主は、草の上を数歩走って、鞍《くら》の後輪《しずわ》に手をかけ、すばやく馬に飛び乗った。アルフリードの身体ごしに手綱《たづな》をとる。昨年、アルフリードに最初に出会ったときと、反対の位置関係になった。棍棒《こんぼう》をふるって突っかけてくる一騎を、またしても剣の鞘で馬上からたたき落とす。と、すぐそばで一騎の影が、はずんだ声を投げかけてきた。

「ナルサスさま、ご無事で！」

「エラムか、駆けるぞ、ついてこられるか」

「むろんです、地の涯《はて》までも」

「や、それは頼もしい」

ナルサスは笑った。鞍の前輪《まえわ》に乗ったアルフリードも笑う。一瞬、エラムは複雑そうな表情をしたが、口論してる間はない。ナルサスのために、騎手を失った一頭の馬の手綱をつかんで、ともに走りはじめた。三頭の馬は三人を乗せて、包囲の環《わ》を引きずるように走っていく。

城の内外で湧きおこる混乱と騒動を、窓ごしにながめおろす男がいた。脱出する万騎長《マルズバーン》がおり、それをさまたげようとする万騎長がおり、さらにそれを見物する万騎長がいる。

この男、クバードである。

「やれやれ、せっかく落ちついたと思ったが、やはりおれもパルスも安定にはほど遠いか」

大きく伸びをすると、片目の偉丈夫は、月にむかってうそぶいた。

「まあいい、出ていくのはいつでもできるからな。キシュワードひとりに苦労させるのも気の毒だ。いずれ同じ場所にたどりつくとしても、道は何本もあってよいはずさ」

クバードは窓ごしに城内外の騒ぎをながめながら、悠然と、ひとり葡萄酒《ナビード》の瑠璃杯《グラス》をあおるのだった。


六月十七日である。暁《あかつき》の冷気が硬い手でアルスラーンの頬をなであげた。身ぶるいして目をさますと、アルスラーンは樹蔭《こかげ》で起きあがった。ただひとり、というより一羽の家来が、朝のあいさつの鳴声をあげた。

「ああ、おはよう、告死天使《アズライール》」

アルスラーンはあいさつを返し、かわいた咽喉を湿すために、水牛の革でつくられた水筒を手にした。ふと、野の彼方に視線を送る。いくつかの騎影が彼にむけて近づいてくるのが見えた。アルスラーンは全身に緊張を走らせ、剣を抜く姿勢をとった。だが、ほどなくその姿勢をとき、伸びあがって叫んだ。

「ダリューン！　ナルサス！」

声がかがやくとすれば、このときのアルスラーンがそうだった。

「ああ、それに、ファランギース、ギーヴ、エラム、アルフリード、ジャスワント……」

アルスラーンが名を呼んだ七人は、つぎつぎに馬をおり、王太子の前にひざまずいた。一同を代表して、ダリューンが、王太子の機先を制した。

「おとがめになっても無益でございます、殿下。われら、殿下のお叱りも国王陛下のお怒りも覚悟の上で、自分たちの生きかたをさだめたのでござれば、どうぞ随従《おとも》させていただきたく存じます」

他の六人は、それぞれの笑顔でうなずいた。彼らの顔をながめまわして、アルスラーンも笑った。

「もともと私が兵をあげたとき、いてくれたのはおぬしたちだけだった」

昨年の秋、ペシャワールへむかう旅のことを想いおこして、アルスラーンはいった。すると、彼の左肩で、鷹《シャヒーン》が抗議するように、小さく羽ばたきした。

「いや、二人と一羽増えた、かな」

アルスラーンが、告死天使《アズライール》、アルフリード、ジャスワントをながめて訂正した。告死天使が機嫌をなおしたように低く鳴いた。彼は、万騎長《マルズバーン》キシュワードの代理でもあるのだ。ちゃんと算《かぞ》えてもらわねば、彼を旅だたせてくれた主人に申しわけがたたぬというものである。

「おぬしたちをとがめたりするものか。そんな不遜なことをしては、それこそ神々が罰を下されよう。よく来てくれた。ほんとうによく来てくれた……」

ひとりひとりの手をとって、アルスラーンは彼らを立たせた。

彼らを受けいれることは、父王の不興を買うだろう。だが、アルスラーンが彼らを帰したら、彼らはアンドラゴラスのために厳罰に処されるにちがいない。アルスラーンのために、彼らは王のもとを去ってきたのだ。彼らを受けいれ、彼らとともに功績をたて、そしていずれ父王に対して申しひらきをする。それ以外に、アルスラーンに道はなかった。それにしても、何と、アルスラーンにとって身に余る部下、いや友人たちであることか。

もはや征馬《せいば》は孤影ならず。非情な勅命を果たすには、あと四万九千九百九十三人の兵士を集めなくてはならないが、そのていどのことは困難と呼ぶに値しないように思われた。

やがて、完全に明けはなたれたパルスの野を、八個の騎影と一羽の鳥影が南下していった。目的地はギラン。南方の有名な港市である。

パルス暦三二一年六月。炎熱の季節が、人々の上におとずれようとしている。その炎熱は、半分が自然から、半分が人の心から、地上にもたらされたものであった。

解　説——遍在する圧倒的存在

結城充考《ゆうきみつたか》
（作　家）

光文社文庫版『アルスラーン戦記』も、いよいよ五巻に達しました。アルスラーンにとって歴史的敵国、トゥラーン軍の急襲により幕を開けます。前巻『汗血公路』の終わり近くで衝撃の復活を遂げたあの人物も加わり、激戦の中、物語は次第にねじれてゆき、パルス国の王太子アルスラーンは、静かな危機へと追い込まれることになるのです。そして、その危機は飛躍の兆《きざ》しでもあり——

アルスラーンの物語は、どの巻の中でも、驚くほどの速度で回転してゆきます。次々と多彩な人物が登場しては、ユーモラスに、華やかに、時には激しく互いに干渉して息を呑む場面を連ね、また新たな人間関係と戦況を生み出し続けるのです。物語の絵模様は、混沌となりかける幾らか手前で丁寧に制御されて、あくまでも華麗に、それでいて高速を保ったまま、織られてゆきます。不要な飾りによる水増し……などという発想は、織り手の思考の中に最初から存在しないのでしょう。一冊一冊を読み進めるごとに、作者の潔さと作品への覚悟を感じ、それだけでも嬉しくなってしまいます。

織り手とはもちろん、田中芳樹氏のことです。


『アルスラーン戦記』シリーズは一九八六年、『王都炎上』により幕を開けます。

それ以前にわずかに存在した作品、あるいは以後の多くのヒロイック・ファンタジー小説と比べても、中世ペルシャを舞台のモデルとする物語は、明らかに一線を画しています。様々な場所で何度も言及されたことですが、やはり改めて考えてみても、「十字軍の戦いを被征服者から見た視点」をファンタジー物語の中心に据える発想は、独特の感性という以外、表わしようがありません。第一巻が発刊された当時、世の中では西欧風ファンタジー、剣と魔法の世界ですら、ＰＣ、あるいは卓上のロールプレイングゲーム《ＲＰＧ》を愛好する者が少数派として接していただけで、一般読者にはまだまだ馴染みのなかった時代でした。国民的コンピューターＲＰＧのヒット開始は数年後、指輪を巡る冒険者達の映画が上映されるのは、十数年後のことです。従って、中世ペルシャ的舞台をあえて設定する感性については、鋭敏、慧眼を通り越して、何か一種の怪しさ、不可思議な印象さえ受けます。そう感じるのは、私だけではないようです。

舞台のモデルに関して、田中氏は数多くのインタビューで繰り返し質問され、その度に少しずつ言葉を変えながら、次第に苦笑もまじえつつ、簡潔に答えています。いわく、ごく当然のように決まってしまった。いわく、異世界でチャンバラを書きたかったのです。いわく、これはもう悪魔が仲介したとしか思えませんね……

個人的には、ある書籍に掲載されたひと言が、舞台設定の理由を、最も明確に表現しているように思います。

――ぼくは人口密度の高いところって苦手なもので。

何気ないひと言ですが、こんな言葉を発する資格のある小説家は、実はそう多くいません。ほとんどいない、といって間違いないでしょう。当然私も、資格を持つ者の中に、入ってはいません。

田中芳樹、という作り手に織られた物語のジャンルは、非常に多岐にわたっています。ヒロイック・ファンタジー。スペース・オペラ。伝奇活劇。怪異を追う女性警察官。児童文学。中国歴史小説。中国武将評伝。翻訳小説……有名洋画のノベライズまであります。浅学で若輩の同業者である私などは、田中氏の著作をテキストとして並べて眺めるだけで、眩暈《めまい》を覚えてしまいます。誇張ではありません。

その舞台の多くが、田中氏自身が開拓したジャンルでもあります。人口密度の高い場所、とは小説世界における安全地帯、すでに多くの先人に踏み固められた道です。あえて危険地帯を歩こうとすれば、当然の話ながら常識人である誰かに制止されることになります。ですが稀に、常識人達の制止を押し切るだけの、説得力を持った作家もいるのです。説得力とは、必ず価値のあるものが執筆できる、と他者に確信させる力です。道なき道、視界も定かではない危険地帯を歩き続け、その背後に新たな道を固め続ける田中芳樹という存在が、どれほど常人離れしているものか、圧倒的という他ありません。

ここで断言しますが、実は、田中芳樹《タナカヨシキ》なる人物は固定的《ソリッド》な人格の呼称ではなく、小説界に遍在する雲のような《クラウド的》状態の、確率的な運動に出版界が仮の名称を与えたものなのです……すみません。誇張です。小説界に遍在する、という部分は真実ですが。その存在確率の上昇は、現在でも止まっていません。

二十数年間にわたって断続的に織られきた『アルスラーン戦記』は今、着実に終局へ近付こうとしています。そこで、興味深い点が二つ、浮かび上がることになります。一つは当然、物語がどのような結末を迎えるか、という点です。もう一つの大長編絵巻『銀河英雄伝説』本編は、二人の少年の友情が綺麗な円環を描くように、その物語が閉じられました。溜め息の出るような美しさでした。アルスラーンには、どのような終幕が待っているのでしょう。

そして、もう一点は『アルスラーン戦記』が完結したのちの、小説外の展開です。『銀河英雄伝説』の「伝説」は、終結してからも、というよりも終結を迎えたからこそ、いっそうの広がりをみせました。ゲーム化や舞台化、アニメーション版の完結とソフトウェア化。現在でも伝説は続いています。では、『アルスラーン戦記』がその物語を閉じた先で、どのように形を変えた新たな「戦記」が始まるのでしょうか……下手な推量は必要なさそうです。すでに二〇一三年現在、荒川弘《あらかわひろむ》氏による、漫画版『アルスラーン戦記』の連載が、その話題に出版界が騒然とする中、始まっています。

他の田中氏の多くの作品と同様、アルスラーンの物語はこれまでも様々なメディア・ミックスが行われてきましたが、これからも、さらに小説が終了しても、やはり「戦記」は拡大して綴られてゆくことでしょう。私達の期待通りに。

戦い続けなければいけないアルスラーンにとっては、迷惑な話かもしれません。

それとも私達ファンへ向け、馬上から鷹揚《おうよう》に微笑《ほほえ》んでくれるでしょうか。

●一九八九年三月　角川文庫刊
●二〇〇三年八月　カッパ・ノベルス刊（第六巻『風塵乱舞』との合本）

光文社文庫

征《せい》馬《ば》孤《こ》影《えい》　アルスラーン戦記《せんき》⑤
著者　田《た》中《なか》芳《よし》樹《き》

2013年12月20日　初版1刷発行

発行者　駒井　稔
印刷　豊国印刷
製本　ナショナル製本

発行所　株式会社　光文社
〒112-8011　東京都文京区音羽1-16-6
電話　(03)5395-8149　編集部
8113　書籍販売部
8125　業務部

ISBN978-4-334-76669-6　Printed in Japan

組版　豊国印刷

お願い　光文社文庫をお読みになって、いかがでございましたか。「読後の感想」を編集部あてに、ぜひお送りください。

　このほか光文社文庫では、どんな本をお読みになりましたか。これから、どういう本をご希望ですか。どの本も、誤植がないようつとめていますが、もしお気づきの点がございましたら、お教えください。ご職業、ご年齢などもお書きそえいただければ幸いです。当社の規定により本来の目的以外に使用せず、大切に扱わせていただきます。

光文社文庫編集部